La Magie de l'Amour

Félicité Annick Foungbé

La Magie de l'Amour

www.foungbefelya.com

ISBN : 979-10-94660-17-1

Image de couverture de Pixabay

1

Accoudée à la rampe du Pont-vert, Ursula prend de l'air. Il s'agit d'une modeste construction métallique verte, qui relie les quartiers Lycée et Camp-Séa. Le crépuscule est bien avancé et le flot des passants se raréfie. Ce sont en majorité des élèves qui se hâtent de regagner leur domicile. Leur bavardage n'incommode nullement Ursula, qui la mine rêveuse et les yeux perdus dans le vague, écoute le plaisant concerto des cigales et des grenouilles tapis dans la verdure chaussant le Pont-vert.

C'en est ainsi quasiment tous les soirs à la descente du boulot. Ursula se rend au Pont-vert pour s'évader et évacuer le stress de la journée. Au contact de ce son pur qui émane de la nature, elle éprouve un sentiment de plénitude absolue. Ursula est complètement coupée de la réalité, lorsqu'une voix au timbre familier la ramène sur terre.

– Comme tu t'attardes ce soir, mon enfant !

– Ah ! c'est vous, tressaille-t-elle légèrement.

Son interlocuteur n'est autre que le vieux Boukary, un jardinier qui tient son potager en contrebas du Pont-vert. Chez lui, s'approvisionnent en tomates et pieds de salades, de nombreuses ménagères logeant dans les environs.

– Lorsque je suis ici, lui dit-elle la mine placide, je me sens si bien. Je n'éprouve pas le besoin de rentrer.

– C’est vraiment beau, n’est-ce pas ? renchérit-il en un sourire affable.

– C’est à couper le souffle, acquiesce-t-elle en lui rendant son sourire.

– Tu dois avoir une âme pure, mon enfant, observe le vieil homme en lui scrutant les traits. De nos jours, très peu de gens prêtent attention à ces plaisirs simples de la nature.

Un léger silence s’installe entre eux, puis le vieux jardinier souhaite le bonsoir à la jeune fille, en lui recommandant de ne pas trop s’attarder, vu que le crépuscule est bien avancé. Ursula consulte sa montre d’un œil distrait, bien décidée à s’accorder encore quelques minutes de bien-être avant de songer à rentrer.

Ursula pense à ces compositeurs de renom qui ont jalonné l’histoire de l’humanité : Mozart, Beethoven, Haendel, Vivaldi… tous ces personnages illustres devaient puiser leur inspiration de phénomènes aussi simples que la plaisante aura du Pont-vert. Soudain, une voix masculine empreinte de curiosité la fait lentement pivoter en arrière.

– Il est formellement déconseillé aux jeunes filles non accompagnées de s’attarder dans des endroits obscurs.

En une fraction de seconde, le pouls d’Ursula grimpe sauvagement, puis elle éclate de rire en mesurant le ridicule de sa réaction. A quoi bon paniquer, puisqu’au fond, elle ne risque pas grand-chose ? En effet les alentours du Pont-vert sont suffisamment habités. Il suffirait d’un seul appel pour neutraliser l’intrus. En outre, elle est bien décidée à écrabouiller les parties vitales du quidam, s’il s’avisait de la violenter.

- Ça par exemple ! repart ce dernier d'une voix moqueuse. Il y a deux explications rationnelles à votre attitude. Primo, vous feignez la bravoure, secundo, vous me trouvez une vraie tête de guignol.

- Ecoutez monsieur, l'interpelle-t-elle sèchement, piquée au vif par sa suffisance. Sachez, pour votre gouverne, que je n'ai absolument aucune raison de m'en faire. Qu'y aurait-il à craindre d'une vulgaire tête de guignol ?

- Dois-je prendre ceci pour un compliment ? rétorque-t-il sans se départir du ton moqueur qui horripile Ursula.

- Mais je n'ai fait que vous paraphraser, raille-t-elle résistant à la tentation de le gifler pour lui apprendre les bonnes manières.

- Vous prenez soudain feu, ma chère, lâche-t-il toujours aussi moqueur en pouffant de rire.

Ils se toisent un moment dans la pénombre. L'intrus affiche toujours cet air narquois qui exaspère Ursula. Les lèvres pincées, elle le toise réprimant à grand-peine cette folle envie de le gifler pour lui ôter toute suffisance. N'y tenant plus, elle articule d'une voix sans timbre :

- A présent, cher monsieur, je vous souhaite une excellente fin de soirée.

- Qu'à cela ne tienne, rétorque-t-il d'une voix où ne perce nulle trace de raillerie, je me ferai un honneur de vous raccompagner, mademoiselle.

- Je n'ai nul besoin d'un garde du corps, lui assène-t-elle en détachant chaque syllabe.

– Mais j'insiste, chère amie…

Son ton paraît déterminé. Il lui a naturellement pris la main.

– Vous habitez sûrement loin, et vu que les routes ne sont pas très sûres, je…

– Vous vous prenez pour mon ange gardien, le coupe-t-elle d'une voix cynique, en lui retirant vivement sa main.

– Charmante perspective en vérité ! rétorque-t-il sans se démonter le moins du monde.

– Ecoutez, j'en ai franchement marre de votre grossièreté ! s'emporte Ursula. Je n'ai jamais rencontré de bonhomme aussi détestable de toute ma vie ! Primo, je ne parle pas aux inconnus, secundo, vous voudriez avoir l'amabilité de libérer le passage.

Feignant d'ignorer son accès de fureur, il lui déclare en lui emprisonnant les deux mains :

– Ne croyez-vous pas qu'il serait temps que nous fassions plus ample connaissance pour refermer le chapitre des quiproquos ?

– Lâchez-moi immédiatement les mains ! Je vous préviens que j'appelle à l'aide ! le menace Ursula déterminée à clore l'intermède.

Voyant qu'il ne semble pas le moins du monde disposé à s'exécuter, elle enchaîne, les mâchoires contractées :

– Savez-vous que vous diriez adieu à ce monde, si je mettais ma menace à exécution ?

- Si au moins, vous aviez la moindre idée de qui vous aviez en face de vous ? lui rétorque-t-il une lueur amusée au fond des yeux.

- C'est bien le cadet de mes soucis ! raille-t-elle au comble de l'exaspération.

- Mais je vais néanmoins vous le dire, fait-il, désireux de lever l'équivoque. Je me nomme Valentin Oulaï. Je suis le Directeur de la *Saphir Bank* en Côte-d'Ivoire.

Ursula éclate soudain d'un fou-rire, sous le regard perplexe de son vis-à-vis.

- C'est bien cela, suffoque-t-elle en maîtrisant à grand-peine son hilarité. Et quant à moi, je suis Miss Univers fraîchement couronnée. Vous êtes trop drôle. A présent, lâchez-moi, je vous prie !

- Miss Univers… murmure-t-il tendrement. Pourquoi pas, après tout ? Vous êtes si…

Contre toute attente, il étreint Ursula et s'empare de ses lèvres. Outrée, elle tente de se débattre, mais il est bien trop fort. Il parvient à lui desserrer l'étau des lèvres, et l'embrasse avec ardeur, lui grisant les sens, de sa langue tiède et veloutée. Elle ne tarde pas à perdre toute notion de la réalité, emprisonnée dans un tourbillon sensuel, enivrée par son parfum aux senteurs boisées. Après des instants qui lui paraissent une éternité, il la relâche à contrecœur. Ursula pantelante, s'accroche à la rampe du Pont-vert.

- Vous embrassez ainsi toutes les inconnues que vous surprenez dans le noir ?

La voix indignée d'Ursula qui a pleinement recouvré ses esprits, brise le silence gêné qui planait.

– Je n'étreins et n'embrasse que Miss Univers, lui répond-il d'une voix infiniment douce.

– Ah oui ? ironise-t-elle. Et je parie que cela se passe les soirs où vous vous prenez pour qui ça déjà ?

– Ainsi donc, Miss Univers, vous vous entêtez à ne pas me croire, se désole-t-il d'une voix toujours aussi douce.

Il l'attire de nouveau contre lui et se penche pour emprisonner de nouveau ses lèvres dans l'étau de sa bouche ardente, lorsque feignant un malaise, elle se laisse mollement aller dans ses bras virils. Surpris, il relâche quelque peu son étreinte. Il n'en faut pas plus pour qu'elle bande ses muscles et lui décoche un coup de pied qui le cueille pile au bas-ventre. Sa posture inconfortable a quelque peu atténué l'impact du coup. Il n'empêche, c'est un coup de pied reçu en plein bas-ventre. Il se plie en deux sous le coup de la douleur. Ursula en profite pour détaler en lui lançant au passage :

– Ciao ! Monsieur le mythomane ! Je ne suis pas née de la dernière pluie. Je sais combien la ville regorge de pourris de votre espèce !

Tandis qu'il est toujours plié en deux sous le coup de la douleur, Ursula court à perdre haleine jusqu'au petit deux-pièces qu'elle habite une centaine de mètres plus loin. Après s'être engouffrée en trombe par le portail entrouvert, elle se laisse aller contre le mur pour calmer la fébrilité de son corps. Le moins qu'on puisse dire, c'est qu'elle l'a échappé bel !

Accoudé contre la rampe du Pont-vert, Valentin avale d'énormes goulées d'air, afin d'atténuer la douleur qui irradie tout son être. Les rares passants lui lancent des œillades effarées, puis pressent les pas, s'éloignant au plus vite. C'est qu'il ne doit pas avoir fière allure, courbé dans la pénombre, avec sa haute stature. Une poignée de minutes s'écoule de la sorte, puis quelque peu remis, il entreprend de regagner son domicile. Son bas-ventre demeure assez sensible, le forçant à effectuer le trajet en taxi. Longeant à pas mesuré, la piste herbeuse qui débouche au Camp-Séa, il n'a aucune difficulté à héler un taxi libre qui le ramène chez lui au quartier Lycée.

Valentin peine à réaliser ce qui lui arrive. Cette furie aurait très bien pu l'émasculer ; heureusement qu'il y a eu plus de peur que de mal. Quelle mouche l'a piqué, pour qu'il se conduise comme le prototype du parfait salaud ? La jeune fille ne l'a-t-elle pas confondu avec ces mauvais garçons qui hantent les endroits sombres, afin de déshonorer les pauvres demoiselles non accompagnées ?

Le taxi stationne bientôt à la devanture d'une villa cossue. Le gardien s'empresse d'ouvrir la porte cochère. Valentin règle la course en gratifiant le chauffeur d'un généreux pourboire. Le sourire heureux du conducteur auparavant taciturne, lui donne le sentiment d'avoir atténué le gâchis de cette soirée. Alors qu'il emprunte la petite allée qui relie la terrasse, une gamine potelée surgit à sa rencontre, les bras ouverts :

– Papa, petit papa, te voilà de retour !

Valentin très ému, étreint la fillette et l'entraîne à sa suite au salon, sa paume menue calée dans la sienne.

– Oh ! tu ne me portes pas dans tes bras, petit papa ? l'interroge la gamine étonnée.

– Prunelle chérie, lui dit-il en la serrant affectueusement contre lui, papa n'est pas très bien ce soir.

– Ah bon ? et de quoi souffre mon papouné ? s'enquiert-elle d'une voix triste.

– T'inquiète, nounours, c'est juste un léger malaise. Bientôt, cela n'y paraîtra plus, s'empresse-t-il de la rassurer.

– Alors, tu ne pourras pas me border ce soir, papa ? relève-t-elle d'un filet de voix.

– Ben si ! rétorque-t-il avec entrain en lui ébouriffant les cheveux. Et comment !

La gamine le gratifie d'un joli sourire.

– Au fait cher nounours, as-tu déjà mangé ? l'interroge-t-il plein de sollicitude.

Elle opine de la tête. Valentin lui pince affectueusement la joue, puis décrète qu'il est l'heure du dodo. Ils regagnent la chambre de l'enfant que sa nounou termine de ranger. Cette dernière s'éclipse après un léger salut à son patron. Valentin aide la gamine à se mettre au lit, et la borde avec précaution. Tandis qu'elle bascule dans les bras de Morphée, il se faufile dehors sur la pointe des pieds.

Il prend soin d'éteindre les ampoules du salon. Dans la fraîcheur douillette de sa chambre à coucher, il avale deux analgésiques pour endiguer la douleur. Etendu dans la pénombre, il passe en revue les événements de la soirée. Difficile pour lui de s'expliquer ce qui l'a poussé à se conduire comme un parfait goujat. Mais bon, il a eu la récompense des imbéciles.

De retour d'une visite chez son ami Adolphe au Camp-Séa, il rentrait tranquillement à pied, quand il a été intrigué par la silhouette de la jeune fille dans le noir. Qui était-elle ? Pourquoi s'y attardait-elle toute seule ? Qu'est-ce qui semblait autant la captiver en ces lieux ?

Il l'a longuement épiée en silence, puis il s'est résolu à l'aborder. A ce stade, il voulait juste faire un brin de causette, mais lorsque ses yeux avaient accroché les siens, quelque chose d'étrange s'était produit, une sorte de magnétisme qui lui avait fait perdre tout contrôle des événements.

C'était la première fois qu'une femme lui produisait un tel effet. Il était quasiment certain que n'eut été sa réaction sauvage à la seconde tentative de lui emprisonner les lèvres, l'impensable se serait produit. Dans la pénombre du Pont-vert, il aurait fait l'amour à une parfaite inconnue. Ce Pont-vert d'apparence banale serait-il ensorcelé ? Ou serait-ce plutôt la belle inconnue ? Tant d'histoires circulent à propos de philtres d'amour, de parfums ensorcelants dont s'aspergeraient certaines femmes pour piéger les hommes…

Une chose est certaine, la belle inconnue sentait divinement bon, un mélange sucré et vanilliné. Elle avait, contre toute attente, répondu à son baiser. Ses lèvres étaient infiniment douces, toutefois, la femelle consentante s'était rapidement muée en tigresse, une véritable furie. Elle l'avait frappé en traître. Que serait-il advenu si le coup de pied avait été nettement appuyé ?

- Le moins qu'on puisse dire, c'est qu'elle m'a bien eu, cette sorcière ! maugrée-t-il, en envoyant un oreiller valser contre le mur à l'autre bout de la pièce.

- Et puis d'ailleurs, je l'embête ! grogne-t-il alors que l'objet choit mollement sur la moquette.

2

Après une nuit plutôt agitée, Ursula émerge à grand-peine de son lit. Toute la nuit, les images de la rencontre insolite au Pont-vert, lui ont défilé dans la tête. Elle a beau retourner la question dans tous les sens, elle peine à comprendre les circonstances d'une telle rencontre dans son lieu de prédilection. Que s'est-il passé pour que ce voyou fonde sur elle de la sorte ?

Devra-t-elle renoncer au plaisant concerto des cigales et grenouilles, à la pureté de l'air, au doux clapotis de l'eau ? Devra-t-elle se cloîtrer chez elle ou modifier ses habitudes, par la faute de ce sagouin ? Une pensée doucereuse s'insinue en elle, et Ursula secoue vivement la tête en signe de dénégation. Qu'importe si elle s'est surprise à répondre à l'ardeur de son baiser ? Cela ne prouve rien du tout. Il n'en est pas moins un vil individu, car aucun gentilhomme ne se conduirait comme il l'a fait. Heureusement qu'elle lui a bien réglé son compte à ce salaud ! Dommage qu'elle n'ait pu correctement prendre son élan !

En tous cas, il y réfléchirait par deux fois, avant d'aborder les demoiselles seules. D'ailleurs, sa résolution est prise, elle ne modifiera point ses habitudes au Pont-vert. S'il s'aventurait de pointer encore du nez, elle lui apprendrait sérieusement à ne pas badiner avec la vertu des demoiselles. Car la prochaine fois, elle ne se gênerait pas pour ameuter tout le quartier. Tant pis, si elle tient la une des commérages !

Ainsi donc après une harassante journée de travail, Ursula se rend au Pont-vert. Elle voudrait acheter des pieds de laitue. La jeune fille proteste en riant, lorsque le vieux Boukary entreprend de lui fourrer dans le cabas, de quoi nourrir tout un régiment. Ensuite, son colis bien calé contre le torse, elle s'installe sur une roche à proximité du potager pour jouir encore de la magie des lieux. Cependant ce soir-là, ainsi que les soirs suivants, nul ne vient troubler sa quiétude.

Plusieurs jours se sont écoulés depuis l'incident du Pont-vert. Ce matin-là en savonnant son corps sous la douche, Valentin ne peut réprimer un sourire au souvenir d'une certaine rencontre. Avec du recul, la situation lui apparaît purement cocasse. On ne pourrait trouver de meilleure illustration pour David et Goliath. Qui en effet, aurait parié un seul instant qu'un tout petit bout de femme triompherait d'un colosse de sa trempe ?

Au début, il rêvait de croiser de nouveau sa route, dans le seul but de lui tordre le cou. Mais à présent, les choses ont évolué. Le souvenir du baiser volé édulcore la désastreuse rencontre. Il souhaiterait ardemment la rencontrer pour lui présenter des excuses, nouer amitié selon les règles de bienséance.

Se hasardera-t-il à retourner au Pont-vert ? Hors de question ! Miss Univers serait bien capable de le faire lyncher. Elle a du caractère, et ce n'est point pour lui déplaire. Valentin adore ce type de femme, pour peu qu'elles ne soient pas viles et égocentriques, comme une certaine Gaëlle de sa connaissance.

– Pouah ! Gaëlle ! renifle-t-il dégoûté en sortant de la douche.

Il revêt ensuite un élégant complet gris. Prunelle l'attend à la table du petit-déjeuner. Elle l'accueille avec un « bonjour papa » plein d'entrain, et ils entament ce premier repas de la journée après les inévitables câlins.

– Mon petit papa, sais-tu que c'est aujourd'hui la composition ? lui demande la gamine entre deux bouchées de croissants.

– Vraiment ? fait-il en lui pinçant affectueusement la joue. Je te fais confiance, ma Prunelle chérie. Tu seras encore la première de classe et papa t'offrira un beau cadeau.

– Un cadeau ?

Elle le considère, les yeux ronds d'excitation.

– Est-ce que papa t'a déjà menti, Prunelle ? rétorque-t-il coquin.

– Non, jamais, admet-elle, mais est-ce que tu pourras vraiment m'offrir le cadeau de mes rêves ?

– Ah ! ah ! s'esclaffe-t-il. Que désires-tu ? La famille Glady ? De belles vacances à la plage ?

– Mais papa, proteste l'enfant en pouffant de rire, si ce n'était que cela…

– Non ? s'étonne-t-il. Mais alors dis-moi vite ce que tu veux, et papa promet de te l'offrir.

– Bah ! je te laisse deviner, déclare-t-elle espiègle.

– Ben, fait-il en se piquant au jeu, je donne ma langue au chat.

– Papouné, commence la gamine, je trouve que ce n'est pas juste, car tous mes amis en ont, et moi pas.

– Oh oui ! c'est une grave injustice, renchérit-il un brin comique. Alors de quoi s'agit-il ? Il faut absolument réparer une telle injustice !

– C'est que… je voudrais un petit-frère, bredouille-t-elle d'une voix ténue.

– Oh là ! Prunelle, mais tu ne sais vraiment pas de quoi tu parles, s'exclame-t-il en se levant prestement de table. Tu viens ? Il est bientôt l'heure. Nous risquons d'être en retard.

Il conduit la gamine à son école située à quelques encablures de la maison. Avant de descendre du véhicule, Prunelle l'enveloppe d'un regard suppliant et chuchote :

– Papouné ?

– Oui ma chérie, l'observe-t-il étonné.

– Tu refuses de me donner mon petit-frère ?

– Prunelle adorée, rétorque-t-il en levant les yeux au ciel. Il faut que tu saches que les choses ne sont pas aussi simples. Les petits-frères ne s'achètent pas au supermarché. En temps voulu, tu l'auras, ce petit-frère dont tu rêves.

– En temps voulu, c'est-à-dire quand ? interroge-t-elle la mine sérieuse.

– Ben, fait-il, embarrassé en se grattant la tête, ça veut simplement dire que cela dépend du bon Dieu.

– Alors, je demanderai mon petit-frère au bon Dieu.

– Oui, c'est bien cela... nous... nous allons prier très fort, bredouille Valentin. A présent, il faut y aller, si tu ne veux pas être en retard.

Prunelle descend de la voiture et se dirige vers la salle de classe en courant. Valentin peut maintenant se rendre au bureau. Quelle drôle d'idée, est encore allé se fourrer dans la tête ce bout de chou ? Nous voilà au chapitre du petit-frère ! Mais il faut une compagne pour avoir un enfant. Ah les gosses ! Comme ils vous mettent dans l'embarras ! Comment expliquer à sa fille qu'elle aurait peut-être deux petits-frères, si Gaëlle, sa mère, n'avait pas tout fichu en l'air ?

S'il tolérait un minimum de courtoisie, c'était pour l'équilibre de Prunelle. Dieu merci, Gaëlle l'a parfaitement intégré. Consciente comme lui de l'impossibilité de recoller les morceaux, elle sait se montrer raisonnable. Peu désireux d'exhumer un passé douloureux, Valentin appuie à fond l'accélérateur. Le voici bientôt en vue de l'imposant building de la banque situé au cœur de la cité montagneuse.

Ursula termine la saisie d'un rapport, lorsqu'elle est demandée dans le bureau du patron. Ordonnant les feuilles éparses, qu'elle maintient à l'aide d'un trombone, elle frappe à la porte.

– Qu'est-ce que c'est ? fait-il surpris alors qu'elle lui tend le document.

– Le rapport dont vous m'aviez confié la saisie tout à l'heure, l'informe-t-elle.

– Ah !

Il s'en empare d'une main distraite et passe sans transition au sujet qui le préoccupe.

– En réalité mademoiselle Loua, je voudrais vous charger d'une mission.

– Je suis à votre disposition, affirme-t-elle avec déférence. De quoi s'agit-il ?

– Eh bien !

Il se racle la gorge, avant de poursuivre la mine grave :

– Vous irez remettre en mains propres, le présent pli au Directeur de la *Saphir Bank*, en Côte-d'Ivoire.

A l'évocation de la *Saphir Bank*, Ursula ne peut réprimer un léger tressaillement. Son patron la considère, étonné.

– Une objection, mademoiselle Loua ?

– Non Monsieur, ajoute-elle vivement.

– Tant mieux, vous pouvez y aller, la congédie-t-il.

Ursula quitte le bureau, visiblement gênée. En route pour la *Saphir Bank*, elle s'interroge quant à la suite des événements. Elle ne croit pas un traître mot des élucubrations du voyou du Pont-vert, mais bon la situation a un petit côté flippant. « Quelle idiote ! Pourquoi me tarauder l'esprit, quand je suis convaincue que ce salaud affabulait ? » se morigène-t-elle.

Tout à fait rassérénée, elle émerge du taxi et se dirige avec assurance à l'intérieur du building. Après un bref moment d'attente, une secrétaire un peu guindée l'introduit dans le bureau du patron. Il est occupé à fourrager dans une armoire. Il lui donne dos. Ursula contemple sa silhouette athlétique. Il semble avoir énormément de prestance. Elle se demande un bref instant à quoi doivent ressembler ses yeux et toute sa morphologie. Comme il ne s'est toujours pas aperçu de sa présence, elle toussote discrètement pour attirer son attention et Oh ! Ce n'est pas possible, le destin ne peut les remettre ainsi, l'un en face de l'autre !

– Seigneur Dieu ! le voyou du Pont-vert ! s'exclame Ursula pétrifiée.

Elle a involontairement laissé choir le pli qu'elle tenait fermement.

– Miss Univers… comment est-ce possible… murmure-t-il tout aussi surpris.

– Vous… articule Ursula à grand-peine, mais que diable faites-vous là gaillardement dans ce bureau ?

– Quelle question, ma chère ! réplique-t-il retrouvant de sa superbe. Figurez-vous que ceci est mon bureau.

– En effet, concède-t-elle en ramassant d'une main fébrile, le pli qui choit à ses pieds sur la moquette.

Le sourire narquois, il lui désigne de la main un siège sur lequel elle s'affale les jambes flageolantes. Ils se dévisagent longuement en silence, ébahis par l'humour du destin. Au souvenir du baiser échangé dans la pénombre du Pont-vert, Ursula détourne les yeux un peu confuse, tandis que dans les prunelles de son vis-à-vis s'allume une lueur de triomphe.

– Eh oui ! malheur à quiconque se fie aux apparences, relève-t-il alors qu'elle accuse encore le choc. Quand je pense que vous m'aviez assimilé à tort à un voyou…

Piquée au vif, Ursula affronte son regard, la mine pincée. Cet individu a beau être le Directeur de la *Saphir Bank*, jamais elle ne lui permettra de rire à ses dépens.

– Est-ce que vous réalisez, monsieur, ce que vous êtes entrain d'insinuer ? Au regard de votre attitude déplacée ce soir-là, j'étais en droit de mettre en doute vos allégations.

– Miss Univers, réplique-t-il d'un ton amusé, le sourcil arqué. Ainsi donc, vous n'éprouvez pas le moindre remords pour le traitement que vous m'aviez infligé ?

Sérieusement embarrassée par la claire allusion faite au fameux coup salvateur, elle n'en rétorque pas moins vivement :

– En tous cas, vous l'aviez bien mérité.

– Voyez-vous ça ? observe-t-il ironique.

Excédée par tant d'outrecuidance, Ursula lui brandit d'un geste impatienté le pli dont son patron l'a chargée. Son geste traduit une volonté manifeste d'abréger l'entrevue. Mais il achève de la déconcerter en lui proposant un drôle de marché : soit elle consent à dîner avec lui le soir même, et il réceptionne le colis de bon gré, soit elle lui oppose un refus, auquel cas, elle peut s'en aller au diable avec son fichu pli.

Visiblement contrariée, Ursula n'a d'autre choix que de se plier au chantage. La mine courroucée, elle quitte la *Saphir Bank*, tandis qu'un sourire heureux illumine les traits de son tortionnaire. Ce grossier personnage s'amuse avec le feu, or quiconque se risque à le faire, se brûle les doigts. Que croit-il ? Est-ce qu'il la confond avec une de ces filles sans vergogne ; adeptes des promotions canapés ? Elle se moque éperdument de sa position sociale. Ces histoires de lèche-bottes, elle n'en a que faire !

Le cœur gros, Ursula trouve à grand-peine un taxi pour la ramener à son lieu de travail. Contre-toute attente, Monsieur Diomandé, le patron de l'ONG d'Assistance aux Mères en Difficultés, l'accueille avec un large sourire. Ursula a l'impression qu'il a spécialement fait le guet pour l'attendre, ce que lui confirme Myriam, sa collègue. Ursula hausse les épaules, perplexe, et se concentre à la tâche, obnubilée par le désagrément qui s'annonce en début de soirée.

Après le départ d'Ursula, Valentin demeure de longues minutes perdu dans ses pensées, avant d'émettre un rire léger, heureux du tour charmant que le destin vient de lui jouer. Il en sait un peu plus sur Miss Univers. Agée de vingt-six ans, elle se nomme Ursula Loua. Il la trouve tellement jolie avec son teint clair, sa taille élancée et son cou gracile. Elle a un visage à l'ovale parfait avec de magnifiques yeux de biche. Valentin est en règle générale, peu sensible aux femmes minces, mais celle-là, accélère le rythme de son cœur. Il se surprend à compter impatiemment les heures avant le dîner programmé pour le même soir. Comme il a hâte d'être en sa compagnie pour la contempler librement et respirer son sublime parfum !

De retour du boulot, Ursula se voit contrainte de renoncer à sa traditionnelle balade au Pont-vert. C'est en effet bientôt l'heure du fichu rendez-vous ! Il lui a laissé la latitude de choisir leur lieu de rencontre. Ursula a porté son choix sur le maquis *Le Mannois* situé au quartier Lycée. Après une douche rapide, elle passe en revue sa garde-robe, avant de refermer la penderie d'un geste agacé. Pourquoi donner à ce grossier personnage l'impression qu'elle n'attendait que cela ? Il est hors de question de se rendre à ce pseudo dîner revêtue de strass et de paillettes !

Ursula enfile un *gbahou*[1] vert, strié de lignes bleues et blanches. Les cheveux étirés en un chignon impeccable, elle se farde légèrement et s'asperge avec délices de son eau de toilette. Elle contemple son reflet dans la glace, satisfaite du résultat, puis elle s'empare d'un fourre-tout de couleur noire, se chausse les pieds de babouches en cuir traditionnel, et se dirige au maquis *Le Mannois*.

Une fois sur les lieux, Ursula est soulagée de voir son vis-à-vis déjà installé à une table. Au moins, il n'aura pas poussé la grossièreté à la faire poiroter. Valentin détaille la jeune fille et ébauche un fin sourire, heureux d'avoir eu le nez creux, en se vêtant le plus simplement possible. Il arbore en effet un boubou marocain et des babouches assorties. Une ombre fugace de contrariété voile le regard d'Ursula, le confortant dans l'idée qu'il aurait été ridicule en s'affichant sur son trente-et-un.

Il l'aide à s'installer et lui commande un rafraîchissement auprès d'une serveuse revêtue d'une robe moulante en bogolan. Elle trempe à peine les lèvres dans son verre, qu'il s'excuse, prétextant une course rapide. Ursula réfléchit, intriguée par son attitude. Elle est impressionnée par tant de magnétisme, de charme. Comment peut-il être aussi séduisant dans un vêtement aussi commun ? Elle se surprend à imaginer ses lèvres sensuelles repartant à la conquête des siennes, sa langue chaude et veloutée emprisonnant de nouveau la sienne. Effarée par l'audace de ses réflexions, Ursula balaye l'air d'un geste irrité et replonge le nez dans son verre de cocktail tropical. Valentin est de retour en un clin d'œil, les deux mains cachées dans le dos. Tandis qu'elle le

---

[1] Nom de la gandoura en dialecte dan

contemple, la mine perplexe, il découvre ses mains et lui brandit une énorme gerbe de roses écarlates.

– Monsieur ? interroge-t-elle de plus en plus intriguée.

– Acceptez-les, très chère Ursula. Il s'agit d'une modeste tentative pour effacer la désastreuse impression générée par notre première rencontre. En outre, si pouviez faire l'effort de m'appeler par mon prénom, Valentin.

De plus en plus ébahie, Ursula s'empare de la gerbe florale d'une main tremblante, lorsqu'il achève de la troubler en lui déposant un baiser furtif sur la joue. Au contact de ce bref et subtil baiser, elle tressaille de tout son être. Elle se concentre sur le bouquet de roses au parfum entêtant, dérobant son regard à l'acuité de ses yeux de mâle enamouré.

Il émane de lui un charme fou ; et dire qu'elle est venue honorer l'invitation avec la ferme intention de lui remonter les bretelles. En tous cas, à cette allure, la fin de la soirée réserverait bien des surprises. Ils commandent un *kédjénou*[2] de pintade qu'ils dégustent en silence. Le maquis *Le Mannois* sert les meilleurs *kédjénous* de toute la ville. Ursula n'en revient pas de voir Valentin sous cet angle, tellement prévenant, qu'elle se sent horriblement gauche. A un moment donné, il lui effleure la main et s'enquiert d'une voix douce :

– Ma présence vous insupporte autant que cela ?

– Hein ? quoi ? sursaute Ursula.

[2] Préparation cuite à l'étouffée

Le son de sa propre voix lui apparaît tel un horrible croassement. Il n'y a pas à dire, cet homme lui fait terriblement de l'effet.

– Vous semblez continuellement sur la défensive, un peu comme si vous craigniez d'être violentée, poursuit-il la voix teintée d'un relent d'amertume.

Ursula ébauche un léger sourire qui réchauffe le cœur de Valentin. Elle paraît gagnée par son intonation sincère.

– Et comment oseriez-vous me violenter ? plaisante-elle, tandis que son sourire s'élargit découvrant une double rangée de dents éblouissantes de blancheur. Vous avez la mémoire courte, on dirait…

Ils pouffent de rire tous les deux. La glace est bel et bien rompue. Ils échangent bientôt comme de vieilles connaissances, parlant de tout et de rien, savourant le bonheur de ce premier dîner en tête-à-tête. Sur l'insistance de Valentin, Ursula lui révèle le caractère morose de sa vie sentimentale. Elle apprend en retour qu'il est âgé de trente-cinq ans et qu'il est le père d'une charmante Prunelle qui soufflera bientôt sa huitième bougie.

– Prunelle est toute ma raison d'être, un ange descendu du ciel, déclare-t-il avec fierté. Tu comprendras, lorsque tu l'auras rencontrée.

– En règle générale, j'adore les enfants, lui assure Ursula émue.

– Tu m'en vois ravi, fait-il. En réalité, Prunelle a quelque chose de spécial, et je comprendrais difficilement qu'on ne puisse l'apprécier.

– Mais au fait dis-moi, pourquoi l'avoir nommée Prunelle ? s'enquiert-elle à brûle-pourpoint.

– Ça, ma chère, c'est une très longue histoire, rétorque-t-il en riant. Mais je puis néanmoins te la conter.

Ainsi, Ursula apprend tout de la venue au monde de Prunelle. A l'époque, Valentin et son ex-épouse désespéraient d'enfanter. Ayant eu recours à un spécialiste, on détecta une certaine anomalie avec la semence de Valentin. Après un traitement rigoureusement suivi à la lettre, son épouse avait connu la joie de concevoir, puis d'enfanter. Heureux du magnifique présent dont la Providence les gratifiait, de la naissance de ce poupon rose tellement adorable, ils l'avaient prénommée Prunelle. A ce niveau du récit, sa voix s'éteint, son regard se voile d'une tristesse infinie.

– Alors, la taquine-t-il, retrouvant sa gaieté, quel prénom donneras-tu à ton premier-né ?

– Bah, Fabien me semble un prénom tout indiqué, répond-elle un brin rêveuse.

– Ah ? et qui t'en donnera la permission ? relève-t-il le regard indéchiffrable.

Profondément surprise, Ursula prend le parti d'en rire. Il darde sur elle ce regard toujours indéchiffrable. Ursula consulte ensuite sa montre d'un geste machinal ; cela fait bientôt deux heures d'échanges. La soirée s'est révélée exquise, et nul n'a senti les minutes s'égrener. Il faut cependant songer à rentrer, car le lendemain est un jour ouvrable. Valentin raccompagne Ursula devant sa porte. Ils s'installent à bord de son véhicule tout-terrain de couleur bleu-nuit. Valentin conduit très lentement, peu désireux de clore leur rencontre, en dépit de l'heure tardive.

Une fois au Camp-Séa, il leur faut se rendre à l'évidence que le Pont-vert constitue pour la voiture, un obstacle infranchissable. Valentin stationne en contrebas du Pont-vert. Ils émergent du tout-terrain et marchent la main dans la main. Malgré l'heure avancée, Ursula se sent en confiance aux côtés de Valentin. Sa présence se veut tellement rassurante. Ils traversent ensemble le Pont-vert. Ils sont à mi-chemin de la traversée. Ursula marque une halte, subjuguée par la voix de la nature, grenouilles et cigales s'en donnent à cœur joie. Le clapotis de l'eau en dessous de leurs pieds, rythme la symphonie. Valentin paraît tout aussi captivé. Il semble comprendre la raison de sa présence en cet endroit, le fameux soir de leur première rencontre. La magie des lieux opère. Les voilà soudain aux bras l'un de l'autre, unis en un baiser sensuel, encore plus torride. Ils se quittent à regret au seuil du deux-pièces d'Ursula. Le cœur arrosé d'une coulée de miel après un long désert sentimental, Valentin rebrousse chemin pour rejoindre son véhicule.

Les jours suivants, nos deux tourtereaux deviennent inséparables. Tous les soirs, ils s'affichent ensemble au maquis *Le Mannois* ou dans un autre lieu de plaisance, dînant de gaieté de cœur, renforçant les liens de cette relation nouvelle. Leur relation se limite encore aux tendres baisers échangés contre la rampe du Pont-vert. Valentin éprouve une envie terrible de passer aux choses sérieuses. Toutefois, la crainte d'effaroucher Ursula le retient. De son côté, Ursula rêve de sentir sa peau contre la sienne. Elle s'imagine toutes les caresses exquises que lui prodigueraient ses belles mains soignées. Hélas ! il semble ignorer le violent désir de tout son être. Ursula en arrive à se demander s'il n'y a pas anguille sous roche. De guerre lasse, elle décide de prendre les choses en main.

Le vendredi suivant, prétextant au dernier moment une contrainte familiale, elle annule leur rendez-vous. Valentin s'en montre fort navré. Ursula le rassure, et lui confirme leur rendez-vous du lendemain soir. Très tôt dans la matinée du samedi, elle lui téléphone pour le presser avec insistance de la visiter en début de soirée. Elle insiste pour qu'il effectue le trajet à pied. Ursula repose le combiné très excitée, fermement résolue à tout mettre en œuvre, pour vivre une soirée inoubliable. Vêtue de manière sportive, elle se rend au centre-ville pour des emplettes. Ursula rentre chargée de ses courses comme un mulet. Aux environs de dix-sept heures, un tablier noué à la taille, elle s'affaire à la cuisine, lorsqu'elle reçoit la visite de Cécile, sa cousine et confidente.

- Tiens donc, tu te fais vraiment rare, Ursula, déclare Cécile au gré d'une chaleureuse accolade. C'est quoi le secret des dieux ?

- Oh ! mais il ne passe rien d'extraordinaire, lui répond Ursula confuse.

- Toi ma chère, tu me fais des cachotteries, rétorque Cécile en la jaugeant du regard. Tu es injoignable, tu entretiens un certain mystère…

- Mais enfin, glousse Ursula, ne t'ai-je pas dit qu'on m'avait dérobé mon i-Phone ?

- Tiens donc, ça m'était complètement sorti de la tête, admet Cécile espiègle. Mais ne me dis pas qu'on t'a aussi volé le combiné du fixe ?

Ursula pouffe de rire, et entraîne Cécile à la cuisine. Cécile à présent sensible au fumet odorant qui flotte dans toute la demeure, s'écrie en découvrant les plats :

- Dis donc Ursula, tu reçois le Président de la République à dîner ?

- Elle est bien bonne celle-là !

Ursula se tient les côtes. Après avoir installé Cécile sur un tabouret, elle lui conte par le menu détail, sa récente rencontre avec Valentin. A la fin du récit, Cécile paraît émerveillée, bien que dans son esprit subsistent quelques zones d'ombre.

- As-tu déjà rencontré la petite Prunelle en question ? s'enquiert-elle à tout hasard.

- Non, pas encore, admet Ursula, toutefois, Valentin m'assure que c'est un ange, et moi, je le crois.

- Attention les enfants danger ! sifflote Cécile la mine un peu sombre.

Ursula ne comprend pas ce que vient y faire une mise en garde du célèbre chanteur français Michel Sardou.

- Mais voyons, s'offusque-t-elle. Que devrais-je craindre d'une gamine âgée de huit ans ?

- Bah ! qui s'y frotte, s'y pique, rétorque Cécile d'un ton sentencieux.

- Veux-tu bien arrêter de tout diaboliser ? la reprend Ursula impatientée.

Un léger silence s'installe, n'occultant en rien le fumet gourmand qui s'exhale des plats en fin de cuisson. Puis Cécile contre-attaque :

– Au fait, dis-moi, que sais-tu de son divorce ? Est-ce qu'il t'en a expliqué les raisons ?

– Cécile, se lamente Ursula en levant les yeux au ciel. Nous venons à peine de nous rencontrer, et tu voudrais déjà qu'il me fasse le schéma de son arbre généalogique ?

– Mais, est-ce qu'il t'a dit au moins si son ex-épouse s'est remariée ? insiste Cécile qui n'entend pas lâcher prise.

– Ecoute, je t'en prie sincèrement, gémit Ursula, ça ne te va pas du tout de jouer les rabat-joies, surtout pas ce soir.

– Ça va ! Tu as gagné ! Je me rends !

Les mains levées en un geste théâtral que vient renforcer une mimique de dérision, Cécile accepte de jeter l'éponge. Ursula ébauche un sourire et soupire de soulagement. Le silence s'installe de nouveau, moins lourd, puis Cécile le rompt, la mine sérieuse :

– Je te souhaite bien plus de chance qu'avec Guillaume.

– Veux-tu décidément arrêter avec ça ? se fâche Ursula. Comment faut-il que je m'y prenne pour que tu le comprennes ? Cette soirée est pour moi, très spéciale !

– Ça va ! ça va ! la calme Cécile. Croix de bois, croix de fer ! je te promets que le chapitre est clos !

Elles abordent des sujets plus plaisants en bouclant les préparatifs du dîner d'Ursula. Bientôt, Ursula entre dans la salle de bains, tandis que Cécile, demeurée dans le couloir, échange avec elle à tue-tête. Puis, les deux cousines passent dans la chambre à coucher. Cécile conseille à Ursula de porter une robe du soir en lycra très craquante, étant donné qu'elle voudrait donner à la soirée un cachet spécial. L'horloge du salon marque vingt heures. Cécile bondit sur ses jambes et rafle son sac à main, visiblement prête à se sauver.

– Dieu de miséricorde ! Xavier va me tuer ! Je n'étais pas censée durer autant.

Ursula la raccompagne au portail. Le timbre d'entrée retentit, juste comme elles s'emparaient du battant. Ursula maîtrise à grand-peine les battements désordonnés de son cœur. Elle est convaincue que Valentin se tient là juste derrière. Qui d'autre, sinon ? C'est Cécile qui ouvre le portail, tandis qu'Ursula émue se tient un peu gauche comme une écolière prise en faute.

Les voilà nez-à-nez avec Valentin ! Il est très chic, vêtu d'un jean marron et d'un polo sombre ; une paire de Vans complète l'ensemble. Il tient un sachet fleuri. Son visage s'éclaire d'un sourire radieux à la vue d'Ursula parée comme une princesse. Cette dernière adresse à Cécile un sourire reconnaissant pour le choix de la tenue. Du sachet fleuri, Valentin fait émerger un bouquet de roses écarlates. Il l'offre à Ursula en lui appliquant sur les lèvres un chaste baiser. Elle sourit comblée, et procède aux présentations.

Cécile est bouche-bée devant le charme et la prestance de Valentin Oulaï. Mon Dieu, quelle sensualité ! Quel sens de la courtoisie ! Et puis son parfum… hum ! Où l'a-t-elle déjà humé auparavant ? En tous cas, il paraît évident que cet homme est trop beau pour être honnête ! Mais oui, c'est certainement la clé de son divorce. Un tel homme doit forcément papillonner et collectionner les femmes comme des trophées de chasse…

Trop beau pour être honnête, décidément ! Et Ursula qui paraît tellement amoureuse… Va-t-elle encore se faire briser le cœur ?

Comment s'y prendre pour lui ouvrir les yeux ? Prenant congé des deux tourtereaux, elle lui lance au passage :

– Ciao ! Ursula ! pense bien à ce que je t'ai dit !

– Quoi donc ? s'étonne Ursula.

– Guillaume, cousine, j'y ai fait allusion tout à l'heure !

Cécile s'éclipse aussitôt, laissant Ursula un peu gênée et perplexe, tandis que Valentin intrigué lui emboîte le pas en direction du salon.

– Qui est ce Guillaume ?

La question a naturellement fusé des lèvres de Valentin. Il éprouve un commencement de jalousie, une contrariété de mâle face à l'évocation d'un probable rival.

– Laisse tomber, ça n'en vaut pas la peine, fait-elle évasive.

Ils s'installent dans le modeste salon d'Ursula. Après avoir disposé les roses dans un pot en faïence, elle lui sert un apéritif. Les fenêtres ouvertes en grand emplissent les lieux de fraîcheur. Ursula n'éprouve pas le besoin d'actionner le ventilateur mural. Cette fraîcheur provient de la petite branche de la rivière *Kô* qui coule entre les supports métalliques du Pont-vert. Les fenêtres et la porte d'entrée sont garnies de moustiquaires pour en tenir éloignés tous les insectes nuisibles. Un doux effluve floral emplit l'air. Au parfum des roses, se mêle la senteur d'une bougie odorante qu'Ursula a pris le soin d'allumer dans un recoin de la pièce.

Valentin respire à plein poumon ce parfum paradisiaque. Une veilleuse en forme de tulipe assure un éclairage tamisé, tandis que d'un lecteur CD, proviennent des notes de slows. *Vicky Leandros* chante « L'amour brillait dans tes yeux ». Valentin se dit que si les yeux sont réellement le miroir de l'âme, alors les siens doivent amplement renseigner Ursula sur la profondeur de ses sentiments. Elle est sublime, son Ursula, parée telle une princesse, rien que pour lui. Il tâte discrètement le sachet fleuri posé à ses côtés dans le canapé. Il préfère le placer bien évidence sur la table à apéritif, en espérant qu'Ursula appréciera la petite surprise.

Sur la table à manger, le couvert se trouve déjà mis, Ursula dispose et allume les branches d'un chandelier argenté. Elle peut éteindre la veilleuse et laisser les flammes magiques conférer un air enchanteur au dîner. S'avançant en direction de Valentin qui se régale de ses moindres gestes, elle esquisse une parfaite révérence :

– Monsieur est servi.

Il l'attire à lui en un éclair. Leurs lèvres se rencontrent en un baiser passionné, puis ils passent à table. Ursula s'est surpassée. Il y a une variété de mets exquis. Valentin débouche le champagne tenu frais dans un seau argenté et emplit leurs flûtes.

– Trinquons à notre amour, murmure-t-il en entrechoquant sa coupe à celle d'Ursula.

– A notre amour, murmure-t-elle d'une voix étranglée par l'émotion.

« Après toi » chante *Vicky Leandros* de sa voix suave. Ursula se demande le cœur empreint d'émotion, s'il lui serait un jour possible de classer Valentin dans le lot des souvenirs. Chassant de telles pensées sombres, elle s'attaque résolument au plat d'entrée composé d'une salade d'avocat et de brochettes de mérou.

– Hum ! roucoule Valentin d'aise. Tu es un vrai cordon bleu.

– Merci, sourit Ursula enchantée, c'est en partie grâce à ma cousine Cécile. Elle excelle dans la préparation de toutes sortes de mets.

– Pour en revenir à Cécile, relève Valentin entre deux bouchées, peux-tu me dire sans faux-fuyant, qui est ce Guillaume qu'elle a mentionné tout à l'heure ?

Ursula sourit, la mine indéchiffrable. La curiosité de Valentin, quoique légitime, l'amuse un peu. Elle se sert une portion de gambas sautées et des tranches de plantain frites. Elle prend un malin plaisir à prolonger le suspens, décortiquant les crustacés avec art. Valentin est visiblement tendu.

– Ça t'intéresse tant que ça de connaître l'histoire de Guillaume ?

Valentin opine de la tête, les traits crispés. Ursula sélectionne un chapitre assez comique de son histoire avec Guillaume. Ce goujat, elle l'a proprement éconduit suite à une trahison amoureuse. Mais refusant de clore l'aventure, il s'est évertué à la harceler nuit et jour. Un soir, il ne s'est pas gêné pour escalader la clôture de sa maison, afin de lui seriner des propos maladroits. Excédée, Ursula dont les oreilles bourdonnaient à un discours faux et remâché avec entêtement, l'avait aspergé d'un seau d'eau fraîche. Figurez-vous que le gredin réclamait justement à boire, las d'avoir tellement péroré dans les oreilles de la pauvre Ursula. Guillaume avait accueilli la douche froide avec un cri de terreur.

Cependant Ursula ne comptait pas s'arrêter en si bon chemin. Il fallait pour toujours lui passer l'envie de jouer les enquiquineurs. Armée d'un manche à balai, elle l'avait roué de coups, jusqu'à ce que l'infortuné s'élance par-dessus la clôture en criant grâce. Comme un vilain trophée, un pan de sa chemise s'était accroché dans un vieux clou fixé au mur. Ursula pleine de dégoût, l'avait décroché et réduit en cendres, ne voulant plus rien qui lui rappelât ce vaurien.

A la fin de son récit, Ursula suffoque de rire, ainsi que toutes les fois qu'elle se le remémore. Valentin s'esclaffe lui aussi, en se figurant la scène, pourtant il mettrait sa main à couper, qu'elle lui a occulté le plus important.

– Alors, je ne suis donc pas le seul à avoir fait les frais de ce tempérament de feu ? relève-t-il espiègle.

– Il y a des choses qui m'horripilent, confesse-t-elle coquine.

Puis il reprend son sérieux pour la suite des échanges :

– Dis-moi Ursula, dois-je en déduire que nous sacralisons tous les deux, le sentiment amoureux ?

– Tu sais Valen, rétorque-t-elle, trahir l'être aimé est à mes yeux la pire calamité. Sache que le jour où je tolèrerai l'intrusion d'un autre homme dans ma vie, ce sera le signal clair de la fin de notre histoire.

– Ursula chérie, chuchote-il en repoussant son verre de cocktail de fruits, jamais notre histoire ne finira, et tu sais pourquoi, mon amour ?

Il s'est levé de table et l'attire à lui :

– Je t'aime à la folie Ursula, je t'aime, comme je n'aimerai jamais aucune autre femme.

– Oh Valen chéri ! Je t'aime plus que de raison, lui avoue-t-elle en s'offrant à son baiser.

Ils basculent dans le petit canapé du salon. Valentin qui lui caresse le dos, effleure du coude le sachet fleuri posé en évidence sur la table à apéritif. Il se dégage doucement de leur étreinte, puis les yeux emplis d'une infinie tendresse, il en retire un paquet à son intention. Les doigts tremblants, Ursula en dénoue les cordons et exhibe un superbe i-phone. Profondément émue, elle se pend à son cou et l'embrasse à perdre haleine.

- Je me suis souvenu que tu n'avais plus d'i-phone, lui dit-il entre deux baisers. J'espère qu'on ne te chipera point celui-ci. Je voudrais pouvoir te joindre à tout instant.

Du lecteur CD, monte à présent la voix chaude de Claude François qui chante « Le téléphone pleure ». Valentin émet un rire léger après les premières notes de la mélodie.

- A chaque fois que j'écoute cette chanson, je ne puis que penser à Prunelle, confie-t-il à Ursula qui peine à comprendre.
- Tu fais allusion à ta fille ? interroge-t-elle.
- Hum ! hum ! acquiesce-t-il. Prunelle est une gamine vraiment dégourdie pour son âge.

Sur ce, il se lève sous le regard incrédule d'Ursula :

- Et à propos, je crois qu'il est temps de rentrer.
- Non Valen, le supplie-t-elle en s'accrochant désespérément à lui. Ne pars pas ! Reste avec moi et vivons une soirée inoubliable. Nous en avons bien le droit.
- Mais, ma fille ? tente-il d'objecter.

Ursula lui clos les lèvres d'un baiser et entreprend de lui éveiller les sens par de subtiles caresses. Une violente onde de désir le submerge, monte du creux des reins. Il en oublie ses craintes pour Prunelle. La tête enfouie dans le cou d'Ursula, il trace de la langue un doux sillon brûlant, jusqu'à la naissance des seins. D'une main malhabile sous la douce torture de sa langue experte, elle s'échine à lui ôter ses vêtements.

Valentin tire sur la robe d'Ursula, qu'il fait coulisser par les manches le long du corps de la jeune fille. La toilette en lycra retombe à ses pieds en un amas soyeux, dévoilant les courbes et les charmes de sa silhouette d'une rare perfection. Puis il dégrafe son soutien-gorge en dentelle fine qu'il envoie valser à l'autre bout de la pièce. Il peut contempler à loisir cette déesse qu'il aura l'insigne honneur de faire sienne. Le voilà bientôt en tenue d'Adam sous les yeux d'Ursula. Son corps musclé et assoiffé de désir semble ne plus pouvoir se détacher de celui de la jeune fille. Le contact de la peau d'Ursula est un pur délice.

Valentin la soulève dans ses bras tel un fétu de paille en direction de la chambre à coucher. L'air conditionné allumé depuis le début de la soirée y maintient une température exceptionnelle. Les effluves de la bougie odorante et de la gerbe de roses flottent dans la pièce, renforçant la note d'érotisme. Valentin repose délicatement Ursula sur le lit moelleux et d'une fraîcheur enivrante. De son corps puissant, il la recouvre. Le jeu des préliminaires semblent se prolonger indéfiniment. Ursula le perçoit bientôt comme un supplice infiniment doux, insupportable.

– Maintenant, Valen, je t'en prie…

Il ne se le fait pas répéter. Leurs âmes et leurs corps assoiffés de désir oscillent longuement au rythme de la danse endiablée de l'union charnelle. Ils s'aiment la nuit entière, renouvelant étreintes, caresses et baisers. Après des moments torrides, ils basculent ensemble d'épuisement dans les bras de Morphée. La soif et la faim de l'être aimé ont enfin été étanchées.

Aux environs de huit heures, ils émergent du sommeil de cette nuit pas comme les autres. Ursula titille les poils du torse de son amoureux, en lui exprimant son désir de renouveler leur tête-à-tête le plus souvent.

- J'aimerais bien mon amour, observe-t-il la mine préoccupée, mais je dois penser à ma fille.

- Qu'est-ce-à-dire ? s'enquiert-elle perplexe.

- Eh bien ! confesse-t-il en s'éclaircissant la voix, je ne pourrais l'abandonner aussi souvent.

- Bah, c'est bien simple, il te suffirait de m'inviter chez toi, suggère Ursula.

A ces mots, le visage de Valentin s'est assombri. Ursula intriguée lui demande :

- Qu'ai-je dit de déplacé ?

- Rien Ursula, soupire-t-il embarrassé, mais le fait est que je dois m'assurer de ce que tu éprouves pour moi, avant d'envisager sérieusement une rencontre avec Prunelle.

- Ça alors ! Valentin ! s'écrie-t-elle horrifiée. Ne me dis pas que tu me crois capable de causer du tort à cette enfant ?

Il tente maladroitement de détourner la conversation, cependant qu'Ursula lui fait honte de ses soupçons. Comment peut-il un instant penser qu'elle agirait contre les intérêts d'une gamine ? Il faut être un sacré monstre pour se comporter de la sorte. Le divorce est une épreuve extrêmement pénible pour les gosses, cela Ursula est bien placée pour le savoir, elle qui a dû gérer très tôt, la rupture de ses parents.

– Tu me promets de ménager Prunelle ? lui demande-t-il confus.

Il s'agit en réalité d'une supplique, à laquelle Ursula répond sans détour :

– Bien sûr, Valen chéri. Prunelle est ta fille, elle n'est point ma rivale.

– Ça tu l'as dit ! renchérit-il heureux. D'ailleurs, tu ne pourras que l'aimer. Prunelle est un ange.

Lorsque Valentin rentre chez lui peu après, la petite Prunelle se tient la mine défaite dans un fauteuil en rotin de la terrasse. Elle n'esquisse pas même le geste de se lever à son approche. Il a le cœur chaviré de la retrouver aussi morose. Il se met en devoir de lui arracher un sourire :

– Hé ! oh ! Prunelle ! en voilà une drôle de manière d'accueillir papa !

– Tu m'as abandonnée hier, rétorque-t-elle en l'enveloppant de ses yeux tristes.

Valentin la soulève de terre pour un échange de câlins.

– Allons, mon nounours, ce n'est quand même pas la première fois que papa s'absente pour la nuit ?

– Peut-être, concède-t-elle. Mais d'ordinaire, tu me préviens, tandis que cette fois-ci, tu es parti sans rien dire.

Valentin essuie délicatement une larme qui perle aux yeux de sa fille. La voix tremblante de sanglots longuement contenus, Prunelle poursuit sur sa lancée, en prenant à témoins les domestiques :

– Il se trouve que même Suzie et Samba ont été incapables de me dire quand tu rentrerais…

Prunelle éclate en gros sanglots désespérés dans le cou de son père.

– Oh ! papouné, si tu savais combien j'ai eu mal. J'ai cru qu'il t'était arrivé un malheur.

Le cœur remué par le désespoir de sa fille, Valentin en arrive à regretter la nuit passée dans les bras d'Ursula. Quel idiot ! Comment ne s'est-il pas douté de la tournure des événements ? S'il avait eu ne serait-ce qu'une once de prévoyance, il aurait pris le soin de préparer Prunelle à son absence, lui épargnant d'affreux et inutiles tourments.

Il est plus que temps de normaliser les choses avec Ursula et Prunelle. Le plus-tôt, les présentera-t-il l'une à l'autre, et le mieux cela vaudra pour tous.

– Tu ne t'es pas encore douchée ? interroge-t-il en remarquant le pyjama de la gamine.

C'est Suzie la nounou qui lui répond en émergeant du salon.

– Pardon Monsieur, mais Prunelle a catégoriquement refusé d'entrer dans la salle de bains, à moins que vous lui administriez son bain.

– Est-ce vrai, Prunelle chérie ? s'enquiert-il ému.

– Oui papouné, acquiesce la gamine qui domine son chagrin.

– Et si papouné n'était pas rentré ? la taquine-t-il.

La gamine hausse les épaules en une attitude espiègle. Son père lui donne une bise sonore, et l'entraîne dans la salle de bains pour la débarbouiller. L'instant d'après, les rires cristallins de Prunelle qui a retrouvé son humeur joviale emplissent la demeure.

3

Le lundi suivant de bonne heure, Cécile fait le guet dans la cour de la *Saphir Bank*. Il lui faut à tout prix s'entretenir en privé avec Valentin Oulaï. Il y va en effet de la sérénité d'Ursula. Cécile est plus que quiconque avertie du désastre que représenterait une autre rupture amoureuse dans la vie de sa cousine. Sous des dehors solides, Ursula est en réalité fragile et vulnérable. Ainsi donc, Cécile a choisi de jouer cartes sur table avec Valentin, de connaître ses motivations réelles.

Elle n'ignore pas le caractère périlleux de l'entreprise. Valentin est le boss de la *Saphir Bank*. On ne le rencontre pas comme monsieur tout le monde. Voilà pourquoi Cécile a choisi de faire le pied de grue dans la cour de l'institution bancaire, pour se donner des chances de le happer au passage. Cela vaudrait mieux que de suivre la procédure normale et se faire refouler par des vigiles et des secrétaires guindés.

Après des moments d'attente qui lui paraissent durer une éternité, Valentin émerge de son véhicule tout-terrain à l'autre bout de la cour, dans l'aménagement du parking qui lui est réservé. Cécile se précipite dans sa direction. A mi-chemin, surgit un vigile la mine patibulaire qui esquisse le geste de l'envoyer paître. Non mais, pour qui se prend-elle pour se lancer à l'assaut du boss ? Mais Valentin a reconnu Cécile ; un large sourire éclaire sa face. D'un signe de la main, il congédie le vigile qui s'éloigne en un salut poli, la démarche mécanique.

– Comment allez-vous Cécile ?

Le ton de Valentin est empreint de chaleur. Il échange une poignée de main cordiale avec la jeune fille. La mine éclairée d'un sourire ravi, Cécile sollicite un entretien. Valentin l'invite à le suivre dans son bureau. Après l'avoir installée dans un fauteuil moelleux pour visiteur, il voudrait connaître le motif de sa démarche. Cécile lui annonce d'emblée que cela est en lien avec sa cousine Ursula.

– Je m'en doutais, observe Valentin impassible. Il me semble aussi qu'il y a la clé un certain Guillaume, n'est-ce pas ?

– Comment l'avez-vous deviné ? s'étonne Cécile.

– Aussi simple que bonjour, rétorque Valentin, toujours aussi impassible en haussant imperceptiblement les épaules. Vous y avez bien fait allusion la dernière fois, si je ne m'abuse ?

– Tout à fait, se souvient Cécile. Toutefois, j'étais loin de me figurez que vous y prêteriez vraiment attention.

Puis elle voudrait savoir s'il en a discuté avec Ursula.

– Bof, elle s'est plutôt montrée évasive, lui apprend Valentin.

– Evasive ? relève Cécile dubitative. C'est bien Ursula…

Alors elle se jette à l'eau et raconte à Valentin qui boit avidement chacune de ses paroles, toute l'histoire de la relation tumultueuse qui lia Ursula et Guillaume. Ursula était encore innocente lorsqu'elle succomba au charme de Guillaume. Ils semblaient follement épris, faisant des projets d'avenir. Après une relation vieille de cinq ans, Ursula avait découvert le caractère volage de Guillaume. C'étaient des liaisons à tout bout de champ avec la plupart des filles croisant son chemin, même les bonnes des voisins n'y échappaient pas.

Puis Guillaume fut admis à l'Ecole Normale d'Administration, et c'est alors qu'Ursula qui y croyait encore, reçut le ciel sur la tête en apprenant que Guillaume avait engrossé une demoiselle de la même promotion. Il projetait d'épouser la future mère de son bébé, les fiançailles semblaient bouclées auprès des parents de la demoiselle enceinte.

Ursula en avait cruellement souffert. Le comble, c'est que ce vaurien envisageait un foyer polygame ou une sorte de deuxième bureau, ainsi qu'on désigne communément les relations non officielles. Ursula devait accepter de jouer le jeu, puisque la polygamie ne choquait point outre-mesure sous nos cieux. Le cœur en lambeaux, Ursula l'avait éconduit de mille manières, mais il avait continué de la harceler, l'agaçant de plus belle. C'est ainsi qu'elle l'avait aspergé d'un baquet d'eau fraîche et fouetté à l'aide d'un manche à balai, l'obligeant à sauter par-dessus la clôture…

- Vous comprenez pourquoi je prends avec réserve cette relation nouvelle entre ma cousine Ursula et vous, conclut Cécile. Je tremble d'appréhension à l'idée d'un scénario Guillaume bis !

- Vous devriez plutôt vous réjouir de la voir repartir du bon pied, objecte Valentin.

– Repartir du bon pied, dites-vous ? relève-t-elle la mine assombrie. Mais qui me garantit que vous êtes coulé dans un moule différent ?

– Voyons Cécile, proteste-il faussement indigné, vous n'allez quand pas me confondre à ce voyou !

– La vie m'a appris à me méfier de tout le monde, cher monsieur, rétorque-t-elle sceptique.

– Cécile, l'interpelle-t-il la voix posée, je comprends votre inquiétude somme toute légitime pour votre cousine, aussi vais-je vous révéler une chose dont Ursula, elle-même, n'est pas encore informée.

Il se racle la gorge et poursuit, tandis que Cécile demeure suspendue à ses lèvres :

– En réalité, je compte épouser Ursula. J'ai juste besoin d'un peu de temps pour mieux planifier les choses.

– Ah ! laisse-t-elle échapper sous le coup de la surprise.

Cécile à l'impression qu'on vient de lui retirer de la poitrine une masse énorme. Si seulement il disait vrai. On va quand même lui accorder le bénéfice du doute. Sa voix a vibré d'un tel accent de sincérité lorsqu'il a entamé le chapitre de ses projets avec Ursula. La face rayonnante, Cécile entrevoit Valentin sous un jour nouveau. Elle remarque à présent la beauté de son costume vert-bouteille qui s'allie parfaitement à sa cravate fleurie. Son bureau force le respect par le goût dans le choix et l'agencement des objets. Tout lui semble magnifique, sublime, surtout le parfum de Valentin. Oh ! ce parfum, un pur délice !

Valentin lui paraît charmant, affable et très courtois, distingué en somme. Ils bavardent de choses et d'autres, puis au moment de prendre congé, Cécile qui a adopté le tutoiement, lui demande à brûle-pourpoint :

– Sans vouloir paraître indiscrète, pourrais-tu me donner le nom de ton eau de toilette ?

Il la considère un peu surpris, puis il lui révèle en souriant :

– Kouros d'Yves Saint Laurent ? Tu connais ?

– Kouros, Kouros, Kouros, répète-elle le nez plissé, en se triturant les méninges.

– Oui, c'est bien Kouros d'Yves Saint Laurent, confirme-t-il.

– Ah ! se souvient-elle enfin. N'est-ce pas ce parfum aux effluves qui évoquent la Grèce antique ?

– Hum ! hum ! acquiesce-t-il.

– Je me souviens l'avoir un jour lu, dans une revue pour homme. J'ignorais qu'il sentait si bon, je crois que je le conseillerai à Xavier. Vous savez, c'est mon fiancé, explique Cécile enchantée.

– Ah ! ok ! sourit Valentin un brin amusé par l'enthousiasme de la jeune fille.

Puis Cécile lui souhaite une bonne journée et quitte les locaux de la *Saphir Bank*. Valentin est de son côté très ravi de la voir mieux disposée à son égard. Il est conscient d'avoir marqué des points qui influeront positivement sur sa relation avec Ursula.

Quelques jours plus-tard, Ursula a enfin l'honneur de rencontrer Prunelle, la fille de Valentin. Il l'invite chez lui un certain soir et lui présente Prunelle Oulaï. C'est une adorable gamine potelée qui a hérité du teint et de la stature de son père, par contre, sa physionomie doit être celle de sa mère. Si tel est réellement le cas, la mère de Prunelle doit être vraiment belle.

Ursula ignore absolument tout de l'ex-femme de Valentin. Il n'a jamais souhaité s'épancher sur le sujet. Elle sait seulement que leur divorce remonte à quatre années plus-tôt. A présent qu'elle connaît Prunelle, Ursula comprend toute l'intensité des liens affectifs de Valentin : Prunelle est tout simplement adorable. La gamine enveloppe Ursula d'un regard timide, avant de se poster en retrait de son père.

– Allons, viens dire bonjour à tata Ursula, l'encourage-t-il ému. Tu sais qu'elle est très gentille.

Prunelle s'avance timidement vers Ursula et lui tend sa petite main potelée. Elle se laisse embrasser sur la joue, et répond docilement aux questions qu'Ursula lui pose. Après quoi, elle s'éloigne de son air réservé. Consciente du fait que les débuts s'avèrent parfois difficiles, Ursula se promet d'user de patience pour apprivoiser la gamine. Valentin les couve d'un regard attendri, priant intérieurement pour que les choses évoluent dans le bon sens.

Ils passent le week-end suivant ensemble tous les trois. Peu après l'arrivée d'Ursula, Valentin se voit contraint de s'absenter pour une exigence professionnelle, la laissant en tête-à-tête avec Prunelle. La gamine prend la direction de sa chambre et en ressort avec un petit livre illustré qu'elle parcourt avec un sérieux de personne adulte. Ursula ne peut réprimer un léger sourire. Prunelle referme le livre et entreprend de réciter les premiers vers d'une poésie, sans parvenir à déclamer la suite.

- Au fond des bois couleur de faîne, la feuille choit... répète-elle inlassablement.

Ursula attendrie, décide de lui venir en aide, puis comme la gamine récite encore les premiers vers, elle lui complète la strophe :

- Si doucement, que c'est à peine si on l'entend.

- Oh ! tu connais ce poème ? s'écrie la gamine stupéfaite.

- Oui mon chou, acquiesce Ursula. Il est bien de Maurice Carême ?

- C'est bien ça ! s'exclame Prunelle ravie.

- Et si nous l'apprenions ensemble toutes les deux ? propose Ursula.

- Ah ! Tu veux que nous l'apprenions ensemble, toi et moi ?

Prunelle n'en revient pas de la proposition d'Ursula. Son visage poupon exprime une allégresse non feinte. En guise de réponse, Ursula l'étreint tendrement. Dès lors, une grande complicité s'établit entre elles.

A son retour de la ville, Valentin est infiniment heureux du spectacle qui s'offre à ses yeux. Prunelle et Ursula sont en grande conversation. Prunelle rit aux éclats en battant des mains, le regard animé d'étincelles de joie. Il les contemple en silence, le cœur gonflé d'émotion. C'est Prunelle qui la première, l'aperçoit.

– Regarde papouné ! s'exclame-t-elle très enthousiaste. Tata Ursula raconte l'histoire du Petit-Poucet mieux que toi !

Valentin les embrasse à tour de rôle.

– Tant mieux mon ange. Quant à moi, je suis tellement heureux de constater l'entente cordiale qui unit les deux femmes de ma vie.

Après un dîner pris dans la gaieté et la bonne humeur, les deux adultes bordent la gamine avec précaution. Ensuite, ils s'éclipsent la main dans la main dans le petit jardin de la villa. Il est recouvert d'une magnifique pelouse. En son centre, trône majestueux, un énorme tronc d'Ylang-ylang qui embaume merveilleusement l'air. Les seules plantes sont quelques pieds d'orgueil de Chine bordant la clôture. Deux luminaires, disposés de part et d'autre du jardin, évoquent des fleurs gigantesques phosphorescentes. C'est à la fois simple et féérique.

Ils prennent place sur des chaises en fer forgé, disposées sous le tronc d'Ylang-ylang. Ils savourent des moments de tendre complicité, en sirotant de temps à autre des verres de citronnelle.

– Mes prédécesseurs ne devaient pas beaucoup aimer les fleurs, observe Valentin au bout d'un moment.

– Cela n'occulte en rien le charme des lieux, émet Ursula entre deux gorgées de citronnelle.

Elle promène un regard alentour avant de poursuivre avec une note légère de regret dans la voix.

— Par contre, je trouve bien dommage qu'il n'y ait pas de piscine.

– Mais il y en avait une, rétorque Valentin en se rapprochant davantage d'Ursula.

– Ah oui ? s'étonne-t-elle.

– Tiens, je ne t'ai pas encore raconté cette histoire, sourit-il.

Elle secoue la tête en signe de dénégation, les yeux allumés d'une lueur de curiosité.

– Nous avons dû sceller la piscine, explique-t-il maîtrisant son sérieux à grand-peine. Figure-toi qu'elle servait de mare à toutes sorte de batraciens !

– Oh là !

Ursula pouffe de rire. Valentin se tient également les côtes. Tandis qu'ils peinent à reprendre leur souffle, il lui chuchote quelques mots à l'oreille.

– Hum ! tu n'y penses pas ? proteste-t-elle faussement indignée.

– Gare à vous gente dame ! Ne jamais critiquer ce que l'on n'a jamais goûté ! clame-t-il d'un ton comique.

Il lui débarrasse les mains de la tasse vide. Les éventuelles protestations d'Ursula sont étouffées par un baiser langoureux. Ursula perd toute notion de la réalité. Elle a l'impression de flotter dans le firmament parsemé d'une myriade d'étoiles. L'instant d'après, ils basculent dans l'herbe douce.

4

A compter de là, les événements s'enchaînent. Rassuré par la complicité qui lie Ursula et Prunelle, Valentin se décide à demander la main de la jeune femme. Ils ont d'un commun accord décidé de différer quelque peu le volet légal et religieux. Car en effet, Valentin garde quelques réserves, voulant s'assurer qu'au fil du temps, l'intérêt d'Ursula pour Prunelle demeurera inchangé.

Accompagné du frère aîné de Valentin venu spécialement pour l'occasion de Bouaké, la deuxième ville du pays, ils s'en vont visiter les parents d'Ursula. Philippe le frère de Valentin est Directeur des Ressources Humaines, au sein de la plus grande unité de textiles de la Sous-région Ouest Africaine. Ursula lui fait une très bonne impression. Philippe est soulagé de voir définitivement clos, le chapitre de Gaëlle.

Ils se rendent d'abord chez le père d'Ursula au quartier Air-France. Monsieur Loua, le père d'Ursula se réjouit de la démarche des frères Oulaï. En parfaite hypocrite, la belle-mère d'Ursula joue le jeu en rageant intérieurement de voir cette petite sotte épingler un si bel homme, riche à souhait. Un banquier ! mon Dieu, quelle histoire ! Nullement dupe de son manège, Ursula joue également le jeu, souriant de la paupière gauche de sa belle-mère qui bat frénétiquement, ainsi qu'il en est, toutes les fois qu'elle manque de sincérité.

Après la demeure de Monsieur Loua, Ursula conduit les frères Oulaï chez le couple Katohi. La mère d'Ursula a épousé un escogriffe qui se sent mal à l'aise en cette occasion particulière.

Cet homme rustre à souhait n'a toujours témoigné que dédain et hostilité aux enfants nés du premier mariage de sa nouvelle épouse. Il a rapidement pris Ursula en grippe pour des raisons connus de lui seul.

Face à ses incessantes crises de nerfs et menaces de répudiation, dame Lopou, la mère d'Ursula, s'est résignée à renvoyer les enfants chez leur père. Ursula et ses petits-frères ont dès lors été à la merci de dame Gohou, sa belle-mère, une vraie mégère aux humeurs fantasques, intrigante à souhait. En effet, les parents d'Ursula ont divorcé très tôt, alors qu'elle entrait dans l'adolescence et que ses petits-frères quittaient à peine le berceau.

Le moins qu'on puisse dire, c'est qu'ils ont vécu un calvaire, déchirés entre père et mère, au sein de familles recomposées, dont les nouveaux membres se fichaient pas mal de la cohésion. Sylvie, la sœur cadette d'Ursula, a vécu un traumatisme aux côtés de dame Gohou. Après une série d'échecs au Brevet d'Etudes du Premier Cycle, Sylvie a renoncé aux études pour apprendre le métier de coiffeuse. Par la suite, Sylvie a tapé dans l'œil d'un émigré européen qui l'a épousée et installée dans son propre pays.

Eric, le puîné d'Ursula, a brillamment décroché le baccalauréat. Eric est doté d'une force de caractère, ses études n'ont jamais pâti des intrigues et de la méchanceté de dame Gohou. Suite à un brillant parcours universitaire, Eric achève un cursus d'Administrateur civil à l'Ecole Normale d'Administration.

Quant à Ursula, malgré toutes les embûches du chemin, elle détient un Brevet de Technicien Supérieur en Assistanat Bilingue. Après deux ou trois boulots ingrats, elle est parvenue à se faire une place dans une importante ONG d'Aide aux Mères en

Détresse. Et ne voilà t-il pas que cette fois-ci, Cupidon lui décoche une nouvelle flèche plus prometteuse ?

Les démarches sont rapidement bouclées, autorisant Ursula à emménager chez Valentin. Philippe Oulaï demeure quelques temps avec eux. Ils en profitent pour visiter la famille de Valentin, installée dans une modeste bourgade à mi-chemin entre Man et Biankouma. Ursula s'y est déjà rendue avec Valentin et Prunelle, il n'y a pas si longtemps. Elle a été émerveillée par la chaleur et la simplicité des parents de Valentin.

En cette autre occasion, les Oulaï leur réservent un accueil encore plus chaleureux. Ils sont vraiment sensibles à toute l'attention dont elle entoure Prunelle. La mère de Valentin est persuadée d'avoir trouvé la bru parfaite. Aucune commune mesure avec cette demeurée de Gaëlle, hypocrite et profiteuse à souhait.

Après le départ de Philippe, la vie poursuit son cours paisible. En dépit de son manque d'expérience, Ursula s'en sort plutôt bien en tant qu'épouse et mère. La bonne humeur est de mise dans la maison de Valentin. Prunelle est maintenant très attachée à Ursula et n'accepte de prendre son bain qu'avec elle. C'est également Ursula qui l'aide à réviser ses leçons, et la borde tous les soirs.

Ce soir-là, la gamine suit attentivement le Club des petits à la télévision, tandis qu'Ursula et Valentin bavardent des petits riens de la journée. Ursula explique à son homme l'estime sans cesse croissante de son patron.

– Il est vrai qu'il n'a jamais tari d'éloges à mon sujet, mais là franchement…

– Et tu n'en as vraiment pas la moindre idée ? la taquine Valentin.

Ursula secoue la tête en signe de dénégation. Valentin lui explique que son patron, Monsieur Alphonse Diomandé, célèbre à sa manière son union avec le Directeur de la *Saphir Bank*.

– Déjà que tu as contribué à lui obtenir un don plutôt conséquent, ajoute-t-il espiègle.

– Qui ? moi ? s'étonne Ursula. Mais comment donc ?

Toujours aussi espiègle, Valentin lui révèle la teneur du pli dont Monsieur Diomandé l'a un jour chargée de lui remettre en mains propres. Grâce à cette manne inespérée, Monsieur Diomandé peut allègrement mettre en route un pan important de son ambitieux programme humanitaire. La lumière jaillit dans l'esprit d'Ursula à propos d'un joyeux branle-bas, et notamment la construction d'un nouveau Foyer d'Accueil pour les Mères en Détresse.

Ils abordent ensuite le chapitre d'une probable promotion de Valentin. La hiérarchie de la *Saphir Bank* se montre en effet très satisfaite du boulot abattu par le Directeur Général de la Succursale Ouest. En un rien de temps, les actifs ont quadruplé, propulsant l'Agence au rang des plus performantes du pays. La sonnerie du téléphone fixe interrompt le plaisant échange.

– Il y a en ligne la maman de Prunelle qui souhaiterait lui parler, annonce Suzie, la nounou qui est allée décrocher l'appareil.

Avec de légers cris d'excitation, Prunelle se rue littéralement sur le combiné qu'elle arrache aux mains de sa nounou. Au départ, attentifs à son échange téléphonique avec sa mère, Valentin et

Ursula n'écoutent bientôt plus que d'une oreille distraite son doux babillage.

Prunelle relate absolument tout à sa maman, le déroulement de chacune de ses journées, depuis le lever jusqu'au dodo, ses devoirs et ses farces avec ses petits copains à l'école. Ursula réalise qu'une grande complicité doit les unir.

C'est bien la première fois, depuis deux mois qu'elle a emménagé chez Valentin, que Gaëlle, la mère de Prunelle, lui téléphone. Pourtant, il semble que ce laps de temps passé sans donner aucune nouvelle à sa fille, n'altère en rien la profondeur de l'affection qu'elles éprouvent l'une pour l'autre.

Qui est cette femme, anciennement épouse de Valentin ? Pourquoi évite-t-il soigneusement d'aborder la question ? Dans le petit album de Prunelle, Ursula a pu voir des photos d'une Gaëlle extrêmement belle. Que diantre cache cette trop grande beauté ?

Un éclat de rire cristallin fuse soudain. Ursula tourne machinalement la tête dans la direction de Prunelle qui la décrit justement à sa mère :

- Petite maman, si tu voyais ma tata Ursula… elle est si belle et très gentille. Chaque soir, elle me raconte de chouettes histoires. Papouné dit qu'elle ressemble à Barbie, et moi je trouve qu'il a raison. Tu sais quoi ? Tous les deux, ils font penser à Ken et Barbie. Hum ! c'est trop cool !

Et surexcitée, les yeux luisants de gaieté, elle entame une énumération de tout ce qu'elle a l'habitude de faire en compagnie d'Ursula. Les sorties aux cascades naturelles, leurs plaisantes ballades au manège qui séjourne dans la ville pour une période malheureusement brève. Il y a aussi les spectacles pour enfants au

Centre audio-visuel, sans oublier le goûter pris à l'occasion chez tata Cécile et tonton Xavier.

Prunelle babille encore de longues minutes, puis on l'entend dire avant de reposer le combiné :

- Mais oui maman, je suis très sage. Tu peux demander à Tata Ursula et papouné. Tu embrasses tata Ursula ? C'est cool maman ! Elle t'embrasse aussi.

Prunelle accourt presqu'aussitôt se blottir dans les bras d'Ursula qui la serre affectueusement, et lui embrasse le front.

Gaëlle Galey considère pensivement le combiné du téléphone. D'un geste irrité, elle repousse fermement son amant qui n'a cessé de la manger de caresses tout le temps qu'ont duré ses échanges avec sa fille Prunelle. Gaëlle s'est délectée des chatouillis, des légers effleurements de Kévin sur sa peau, gardant à grand-peine son sérieux pour ne pas glousser comme une folle dans les oreilles de la gamine.

Pourtant son cœur a brusquement flanché, lorsque l'enfant a innocemment mentionné une certaine tata Ursula. Décidément, Gaëlle a été bien inspirée de téléphoner à sa fille Prunelle.

- Mon petit cœur, que t'arrive-t-il ? s'enquiert Kévin son amant, qui ne comprend rien à cette soudaine brusquerie.

Elle ne lui répond pas tout de suite. Avec des gestes lents, elle se sert une gorgée de liqueur qu'elle vide à petites lampées, à demi-étendue à ses côtés dans son chic appart.

- Valentin, lâche-t-elle les yeux étincelant d'une lueur mauvaise. Il joue avec le feu.

– Qui ça ? ton ex ? rétorque Kévin intrigué.

Elle opine de la tête en faisant tinter les glaçons dans son verre.

– Il paraît qu'il loge une espèce de catin.

Elle éclate d'un rire nerveux, les doigts crispés sur le verre de liqueur. Kévin de plus en plus intrigué, darde sur elle un regard soupçonneux :

– Ne me dis pas que tu en es toujours amoureux ?

– Et puis quoi encore ? Qui te parle d'amour ?

Gaëlle le toise avec au fond des yeux une lueur indéchiffrable, les lèvres étirées en un rictus mauvais. On dirait un cobra ou une dangereuse vipère prête à foudroyer sa victime.

– L'ennui avec vous les hommes, c'est que vous ne comprenez parfois rien à rien !

Et Gaëlle Galey éclate d'un rire quasi démentiel. Elle se détend brusquement et expédie violemment contre le mur, son verre empli de glaçons. Kévin sursaute au bruit des cristaux de verre pulvérisés. Une peur diffuse envahit son être. Gaëlle le surprendra toujours avec ses humeurs fantasques et ses accès de violence inexpliquée. Heureusement qu'il n'y a entre eux qu'une histoire de fric et de sexe.

Il n'a pas le temps d'y réfléchir plus longtemps. Gaëlle s'est lovée contre lui, ses lèvres recherchant désespérément les siennes. Ses mains impeccablement manucurées viennent le titiller au bon endroit. Le voilà bientôt oublieux de tout scrupule, brûlant du désir de se noyer dans ce sublime corps de la femme fatale.

5

Une semaine plus-tard, Valentin, Prunelle et Ursula attablés autour du petit-déjeuner, ont la surprise d'une visite de Gaëlle Galey. A la vue de sa mère, Prunelle repousse céréales et bol de lait, pour lui sauter dans les bras. Ursula contemple la scène, très émue. Elle semble surtout fascinée par la grande beauté de Gaëlle. Elle se rend bien compte que toutes les photos qu'elle a pu voir, ne sont qu'une pâle copie de la mère de Prunelle.

Gaëlle est dotée d'une silhouette toute en rondeurs. Vêtue d'un élégant tailleur africain, cousu dans du pagne Wax de première qualité, elle s'est parée de bijoux coûteux, et chausse au pied de magnifiques sandales en cuir d'agneau. Son parfum très chic, l'enrobe de manière subtile. Très impressionnée par l'apparition de Gaëlle et par toute la classe et la beauté qui émanent d'elle, Ursula peine à comprendre quelle mouche a piqué Valentin pour qu'il s'en défasse.

Consciente d'être mangée des yeux par Ursula, Gaëlle se félicite intérieurement de cette entrée réussie et digne des plus grands cinéastes d'Hollywood. Elle prend plaisir à faire virevolter dans ses bras la petite Prunelle qui rit aux éclats, très heureuse, puis elle la repose au sol pour échanger une cordiale poignée de main avec son ex-mari qui s'est également levé de table avec sa nouvelle compagne.

– Ma femme Ursula.

C'est en ces termes que Valentin lui présente celle qui partage dorénavant sa vie. D'un sourire affable qui ne laisse transparaître aucune émotion intérieure, Gaëlle serre chaleureusement la main de sa rivale. Valentin lui a amoureusement passé un bras autour des épaules. Gaëlle les enveloppe de son sourire affable empreint de fausse sérénité, avant de s'enquérir gaiement :

– C'est donc elle, la nouvelle maman de Prunelle ?

– Comme tu le dis, acquiesce Valentin heureux.

Gaëlle embrasse chaleureusement Ursula et la couvre d'un chapelet de bénédictions et de paroles sucrées pour tout le bien qu'elle fait à la petite Prunelle.

– Dis maman, s'immisce la gamine qui se sent un peu oubliée dans ces échanges de civilités entre les adultes en présence. Alors, tu l'aimes ma tata ?

– Mais bien entendu ma puce, s'extasie Gaëlle. Comment en serait-il autrement ? D'ailleurs je trouve que tu devrais l'appeler « maman », à compter de ce jour.

Ces propos flatteurs et empreints de bon sens qui détendent complètement l'atmosphère, achèvent de convaincre sur les bonnes intentions de Gaëlle Galey. Ursula peut respirer d'aise. La légère pointe de jalousie qui s'emparait sournoisement de son être s'estompe comme par enchantement. Elle n'éprouve plus le moindre complexe dans sa modeste robe d'intérieur en cotonnade fleurie. Toutefois, Ursula se jure de suivre dorénavant à la lettre, le conseil de Cécile qui lui recommande de soigner son apparence en toutes circonstances.

Prunelle et le trio s'installent ensuite dans le petit salon, où Gaëlle accepte de bon cœur un verre d'orangeade.

– En fait, leur partage-t-elle, je me disais comme ça, qu'il serait peut-être judicieux d'offrir à Prunelle un compagnon de jeu.

Valentin et Ursula acquiescent à tout hasard, sans trop comprendre.

– C'est pourquoi, j'ai pensé à lui offrir un petit chien, poursuit Gaëlle.

– Bien sûr, si tant est que cela ne vous contrarie pas, se hâte-t-elle d'ajouter devant la mine un peu contrariée d'Ursula.

Bien qu'hésitante, Ursula cède à l'enthousiasme de Prunelle qui se réjouit d'avoir son propre petit animal domestique.

– On dirait que l'idée ne vous enchante pas trop, déclare Gaëlle, pleine de sollicitude vis-à-vis d'Ursula en lui pressant affectueusement la paume.

– Bof ! n'y prêtez pas attention, rétorque Ursula peu désireuse de révéler ses craintes quant à la venue d'un chien dans la maison.

Mais devant l'insistance de Gaëlle et ses manières empreintes de sollicitude, elle finit par cracher le morceau, et leur avoue, toute confuse, un traumatisme résultant d'une vieille morsure dans l'enfance. Sensible à l'embarras de sa compagne, Valentin voudrait refuser tout net, mais Ursula tranche fermement la question :

– Je crois qu'il serait injuste de priver notre chère Prunelle de son animal de compagnie, pour des broutilles qui remontent à si loin dans le temps.

Ensuite Gaëlle demande à se retirer et emmène avec elle la petite Prunelle. Après ces longs moments de séparation, elles ont bien mérité un tête-à-tête. Tandis que Valentin les raccompagne, Ursula songe au fait qu'ils forment un beau tableau. Heureusement que le chapitre des amours est définitivement clos entre Valentin et Gaëlle. En gens civilisés, ils sacrifient aux règles de la bienséance, pour l'équilibre de leur fille.

Tout en échangeant des propos anodins avec son ex-mari, Gaëlle évalue mentalement la situation. En voilà un cas extrêmement préoccupant ! Valentin semble totalement obnubilé par cette Ursula. Gaëlle concède à contrecœur que la jeune fille est vraiment belle. Non, elle n'a pas des formes aussi sulfureuses que les siennes, mais qu'importe, c'est une concurrente de taille.

Gaëlle se jure de mettre un terme à cette comédie burlesque. Lorsqu'elle aura dévoilé ses cartes, Valentin larguera Ursula, foi de Gaëlle Galey ! Gaëlle est convaincue d'avoir au fond de sa manche, un atout de taille ; en effet, rondouillette et mignonne comme un ange, la petite Prunelle est le talon d'Achille de son idiot de père.

En outre, Gaëlle est convaincue que dans les méandres de son cœur, Valentin garde des traces de leur folle passion. Peut-on comme cela, du jour au lendemain, oublier un amour passionnel ? Valentin lui aurait décroché la lune… pour les beaux yeux de Gaëlle Galey, il aurait damné son âme. A preuve, il y a toujours dans son logis, quelques empreintes d'elle, nonobstant le changement d'espace et de temps.

Au fond du jardin, sont disposées les chaises en fer forgé dont elle avait fait l'acquisition chez un *designer* de renom. Le petit salon en cuir sombre avec sa belle table à apéritif en verre fumé au support argenté en forme de félin, s'y trouve toujours. Valentin a également conservé la majestueuse table à manger en acajou ; un abat-jour sophistiqué que Gaëlle rapporta à l'époque d'un voyage à l'étranger, trône également dans la demeure, sans oublier la sublime statuette de la négresse à moitié nue et les bras chargés d'une corbeille de fruits. Ah ! cette fameuse statuette… que de souvenirs sucrés ! Ce jour-là, Gaëlle et Valentin rentraient d'un week-end inoubliable à Bassam.

Comment douter qu'il l'a dans la peau ? Si Gaëlle a opté pour le divorce, émigrant en Europe pour quelques années, toute femme comprendrait ses motivations. D'amour et d'eau fraîche, on ne peut vivre…

Malgré le temps, malgré la distance, elle a toujours été là pour sa fille, ne ratant aucune occasion de la combler de cadeaux coûteux. Prunelle portait des vêtements de luxe, chaussait au pied les meilleurs souliers et ballerines pour enfants. Ses armoires débordaient de vêtements, de livres, de jouets. Alors non, Gaëlle n'est pas une mauvaise mère.

A son retour définitif quelques mois plus-tôt, elle avait dans un premier temps, soigneusement évité son ex-mari, un peu honteuse de l'avoir lâché avec la gamine, pour se la couler douce. C'est ainsi qu'elle chargeait toujours un tiers de lui emmener la petite. Puis les choses avaient évolué, Gaëlle avait finalement surmonté sa gêne. Elle projetait de reconquérir son foyer perdu, de retrouver les honneurs et privilèges d'une épouse et mère. Pourquoi fallait-il que Valentin introduise sous son toit cette diablesse d'Ursula ?

« Il ne sera pas dit que cette catin aux airs sournois, me ravira mon homme ! » se jure Gaëlle.

C'est au domicile de parents proches, que Gaëlle se fait conduire avec Prunelle. Sitôt Valentin parti, elle trimballe la gamine à son hôtel. Gaëlle a posé ses valises à l'hôtel Les Cascades, un ravissant complexe hôtelier, niché en hauteur. De là, l'on a une vue imprenable sur la capitale du Tonkpi et ses imposants massifs montagneux.

En réalité, Gaëlle y séjourne avec son amant. Toutefois, en prélude à la visite de Prunelle, Gaëlle a pris le soin de faire disparaître toutes les affaires de Kévin. Il est lui-même introuvable, occupé à bronzer aux abords de la piscine ou à flâner du côté des tisserands du Tonkpi qui perpétuent un art séculaire dans l'enceinte du complexe hôtelier.

Gaëlle présente à Prunelle surexcitée, Pipo, le berger allemand qu'elle lui a rapporté en guise de cadeau. C'est un superbe chiot de six mois. Le pelage fourni, les pattes agiles et la queue fièrement dressée, il jappe de bonheur à la vue de la petite fille. Gaëlle l'a confié aux bons soins d'un garçon de l'hôtel. Pipo est attaché au pied d'un arbre jouxtant le terrain de tennis, sa gamelle est pleine à ras-bord de croquettes pour chien.

Pipo est un animal parfaitement dressé. Dès l'instant où encouragée par Gaëlle, Prunelle introduit dans sa gueule une main tremblante, il l'adopte aussitôt. Gaëlle entraîne ensuite sa fille dans la chambre, laissant Pipo aux prises avec sa gamelle emplie de croquettes.

– Maman, petite maman, comme je t'aime !

Prunelle heureuse s'est spontanément jetée au cou de sa mère. Mais au grand dam de l'enfant, Gaëlle s'est raidie comme un piquet. Ses yeux noirs expriment une vive contrariété. Les lèvres pincées, elle repousse la petite sans ménagement.

– Maman ? que se passe-t-il ?

Prunelle incrédule, dévisage sa mère. Gaëlle se garde de répondre, puis contre toute attente, elle fond en larmes.

– Mais enfin maman, ne pleure pas ! Pourquoi pleures-tu ?

Et Prunelle, malheureuse, éclate en sanglots.

– Prunelle, maman souffre de constater à quel point tu ne l'aimes plus, hoquette Gaëlle. Tu n'as jamais aimé ta mère.

– C'est faux ! proteste farouchement la gamine. Tu ne peux pas dire cela. Tu sais que je t'ai toujours aimée.

– Mais c'est toi qui raconte des fadaises, Prunelle ! lui assène Gaëlle, la voix entrecoupée de hoquets. Comment peux-tu me faire cela ? Est-ce qu'on remplace aussi facilement sa mère quand on l'aime ?

– Qu'est-ce que tu dis ? rétorque Prunelle incrédule. Mais, je ne t'ai jamais remplacée !

– Voyons Prunelle, tente de sourire Gaëlle entre ses larmes, tu es une gamine très intelligente, tu sais pertinemment de quoi je parle.

Prunelle observe un silence gêné, on la sent en proie à une lutte intérieure. Cependant, sa mère triomphante enfonce le clou :

– Là ! tu constates que j'ai raison, n'est-ce pas ? Comment puis-je nuit et jour, penser à mon petit bébé que j'ai allaité avec autant d'amour, pour me rendre compte qu'elle m'a remplacée avec la première venue ? Comment devrais-je me sentir ?

– C'est archifaux ! proteste la gamine avec véhémence, je ne t'ai jamais remplacée. Il est vrai que j'aime tata Ursula, mais tu es ma mère, et c'est différent.

Gaëlle se frappe dans les paumes avec violence, ses larmes redoublent d'intensité, un torrent lui inonde le visage :

– Mais c'est surtout cela que je ne veux pas entendre ! Comment peux-tu spontanément ouvrir ton cœur à une inconnue, là où bien des gosses n'auraient cessé de réclamer leur mère ?

D'un geste sans équivoque, elle coupe net la réplique qui fusait des lèvres de Prunelle.

– Non Prunelle, en réalité, tu ne m'aimes pas. Comment se fait-il que je me plie en quatre pour te rapporter un compagnon de jeu, un animal superbe. Sais-tu combien il m'a coûté ?

Gaëlle marque une pause, ses yeux inondés de larmes fouillant ceux de sa fille, la voix tremblante dans une comédie exagérée de la mère à l'agonie, elle conclut durement son propos :

– Et toi, que m'offres-tu en retour ? Ton affection pour une traînée, une catin que ton père s'apprête à épouser. Comment peux-tu lui prêter main-forte dans cette espèce de mascarade ?

Gaëlle se tait, et se prend la tête entre les mains, le corps agité de sanglots.

– Je t'ai réclamée, maman, déclare Prunelle d'une voix ténue. Papouné m'a expliqué que tu avais choisi de t'en aller.

- Mon amour, rétorque Gaëlle, si maman s'en est allée si loin et si longtemps, c'est que Papouné lui a causé un immense chagrin. Quand un couple se sépare, c'est toujours la faute à l'homme. On ne peut malheureusement tout expliquer aux enfants.

Gaëlle marque une pause. D'un geste attendri, elle attire l'enfant contre son cœur :

- A présent que j'ai surmonté toute ma peine, je réalise que je n'aurais jamais dû m'en aller. Ma place est aux côtés de mon adorable fille et son papouné chéri.
- Oh maman ! s'écrie Prunelle émue.
- Veux-tu m'aider à revenir auprès de vous ? lui demande Gaëlle en la couvrant de câlins.
- Quelle question ! Bien sûr que je le veux, maman ! rétorque vivement la petite.
- Je l'ai toujours su, que je pouvais compter sur toi, mon petit cœur, la flatte Gaëlle comblée en redoublant ses câlins.

La mère et la fille savourent des moments de bonheur intense, de complicité.

- Mais attention mon chou, la met en garde Gaëlle, il ne faut pas que cela se sache. Tout cela doit rester secret. Personne, absolument personne d'autre, ne doit en être informé.
- Pas même mon papouné ? s'enquiert innocemment la gamine.

– Surtout pas, l'exhorte Gaëlle alertée. Nous lui ménagerons une belle surprise.

– Et tu me donneras un petit-frère ? J'en rêve depuis si longtemps, l'implore Prunelle un brin espiègle.

– Oh oui ! renchérit Gaëlle d'un ton excessivement câlin en la faisant sauter sur ses genoux. Je t'en donnerai autant de petits-frères que tu voudras, des frères de sang, et non point des bâtards !

– Ma petite maman, roucoule Prunelle dans le cou de sa mère. Je t'aimerai toujours.

– Moi aussi, je t'aime fortissimo, l'embrasse Gaëlle.

Puis elle entreprend de lui communiquer toutes les consignes utiles au succès de la combine :

– Ecoute-moi attentivement, nous n'avons pas droit à l'erreur…

6

Prunelle est à présent très attachée à son cher Pipo. Elle passe le plus clair de son temps à gambader avec lui dans le jardin, à l'associer à ses jeux de princesse et dînettes dans sa chambre. Gaëlle est rentrée sur Abidjan, mais elle lui téléphone continuellement. Prunelle a nettement refroidi son enthousiasme envers Ursula. La compagne de Valentin souffre de cet éloignement de la petite fille autrefois si débordante d'enthousiasme dans leurs rapports.

Ursula en arrive à se demander si Prunelle l'aime toujours. Sur son insistance, Valentin a eu un entretien avec sa fille, au sortir duquel, il lui a assuré que les sentiments de Prunelle demeurent inchangés. D'après ce qu'elle a révélé à son père, c'est Ursula qui a pris de la distance, à cause de Pipo. Valentin a remarqué combien Ursula évite l'animal, toujours méfiante du fait de son traumatisme ancien. C'est plus fort qu'Ursula, mais depuis lors, un chien se résume à des crocs acérés.

Prunelle a donc retrouvé ses habitudes anciennes. Elle prend son bain avec sa nounou ou son papa. Un fait pour le moins étrange, est qu'en présence de Valentin, elle se montre courtoise et enjouée, toutefois qu'il a le dos tourné, elle oppose à Ursula une rigidité et une froideur d'iceberg.

Dehors, une pluie torrentielle cède la place à de timides rayons du soleil. La pelouse du jardin est gorgée d'eau, le sol est boueux.

Malgré les recommandations d'Ursula relatives à la fraîcheur de l'air, Prunelle est allée gambader dans le jardin avec Pipo. Après une demi-heure de course-poursuite sur la pelouse mouillée, elle retourne au salon en trainant à sa suite son berger allemand crotté, des pattes au museau.

- Voyons Prunelle ! proteste Ursula. Ce n'est pas possible. Regarde comme il est couvert de boue. Tu pourrais au moins demander qu'on te le nettoie avant de l'introduire dans la maison.

Prunelle l'ignore superbement et regagne sa chambre, le port altier. A sa suite, trotte Pipo sale et boueux. Interloquée, Ursula leur emboîte le pas.

- Non mais, fiche-moi la paix ! Entends-tu ? Je suis chez moi ! la rabroue violemment la gamine qu'elle tente de raisonner.

- Prunelle ! s'exclame Ursula incrédule. Quelle mouche t'a piquée ?

- Ursula ! l'interpelle la gamine avec insolence. Aucune mouche ne m'a piquée. Et puis d'ailleurs, je ne supporte plus que tu m'appelles Prunelle. Je suis la Prunelle de mon papa et ma maman !

Muette de stupeur, Ursula considère la petite avec effarement.

- Et puis d'ailleurs, sors de ma chambre ! lui intime la gamine furieuse.

- Mon amour, que t'arrive-t-il ? parvient-elle à articuler la mine incrédule et les bras ballants.

– Es-tu sourde ? s'emporte la gamine. Sors de ma chambre, ai-je dit ! Tu voudrais peut-être que Pipo te raccompagne ?

Et flattant l'encolure du chien qui roule des yeux terribles, les babines retroussées, prêt à mordre, Prunelle congédie Ursula d'un geste sans équivoque. Complètement paniquée face à une telle scène qui occasionne le reflux d'images pénibles, Ursula bat en retraite, cependant que Prunelle éclate dans son dos, d'un gros rire moqueur. La scène paraît d'autant plus surréaliste que dès le retour de Valentin, ne revoilà-t-il pas Prunelle tout sucre et tout miel avec Ursula ?

Choquée par l'épisode précédent, Ursula ne peut que lui témoigner de la froideur, une certaine répugnance même. Elle croit toujours entendre les paroles méchantes, le rire moqueur, hystérique de Prunelle dans son dos. Valentin est tout de suite alarmé, il s'entretient dare-dare avec Ursula qui lui relate les événements précédents. Il la considère longuement, la mine indéchiffrable, avant de s'isoler avec Prunelle.

Mais la gamine nie avec un aplomb extraordinaire. Depuis quand y-a-t-il eu une altercation de ce type entre elle et Ursula ? Et puis d'ailleurs, pourquoi se montrerait-elle aussi mal-élevée avec sa nouvelle maman ? Est-ce que les gamines bien éduquées tiennent des propos aussi méchants aux personnes adultes ?

Courroucée par le regard interrogateur dont Valentin l'enveloppe, Ursula se dit prête à prendre les domestiques à témoins :

– Tu peux leur demander, je crois qu'ils ont tous perçu, ne serait-ce que des bribes de notre échange. J'ai même demandé que l'on nettoie les traces de boue sur le carrelage.

Valentin se mure dans un silence douloureux avant de lui rétorquer, d'un ton chargé d'amertume :

- Comme c'est dommage ! J'ai la nette impression d'entendre la récrimination d'une femme aigrie.

- Souviens-toi que Prunelle est ta fille. Garde-toi de modifier vos rapports.

Ursula parvient à contenir la rage qui bouillonne en elle. Cette nuit-là, chacun dort dans son coin, le dos tourné à l'autre. Prunelle continue ses humeurs fantasques au grand dam d'Ursula qui ne sait plus sur quel pied danser. Complètement désemparée, elle court demander de l'aide à Cécile. Xavier qui échangeait avec sa compagne, s'éclipse aussitôt, pour les laisser en tête-à-tête.

- Je trouve cela extrêmement suspect, déclare Cécile suite à l'exposé des faits.

- Selon toi, qu'est-ce qui pourrait la motiver ? interroge Ursula impuissante.

- Bon, ça va peut-être te sembler bizarre, hasarde Cécile, mais je trouve que cela coïncide avec le départ de sa mère. A ta place, je…

- Mais non Cécile ! l'interrompt vivement Ursula. Tu fais complètement fausse route. Attends, nous parlons de Gaëlle Galey. Tu crois qu'elle a encore le temps pour Valentin ? Que non ! ma chère ! D'ailleurs, quand tu auras l'occasion de faire sa connaissance, tu comprendras mieux.

- Vraiment ? relève Cécile sceptique.

– Bah oui ! martèle Ursula. Le vent a dissipé aux quatre coins les cendres de leur amour. Mon Dieu ! Il faut vraiment y penser ! ça saute aux yeux, dès qu'on les aperçoit ensemble !

– Si tu le dis, abandonne Cécile. Espérons que tu aies raison. Moi, je persiste à croire qu'il y a dans l'ombre une personne qui tire les ficelles. Je ne serais pas étonnée que ta Gaëlle ait plus d'un tour dans son sac.

Ursula balaie complètement les scrupules de Cécile.

– Nous avons dernièrement échangé au téléphone, explique-t-elle. Gaëlle m'a promis son aide pour clarifier tout cela. Elle pense que Prunelle doit mal gérer un stress. Il y aurait aussi le fait que pendant longtemps son père et elle ont vécu sans aucune présence féminine. Avec un peu de patience et en usant de tact, les choses devraient se normaliser. Il paraît que Prunelle se montre toujours expansive, elle ne tarit pas d'éloges à mon égard.

– Je te trouve bien imprudente, lui reproche Cécile à la fin de sa tirade.

– C'est ton opinion, rétorque Ursula. Plus j'y pense, et plus je trouve les hypothèses de Gaëlle valables. Prunelle développe assurément un complexe d'Œdipe.

– Espérons qu'il en soit ainsi, déclare Cécile pensive. Dans tous les cas, tu devrais en discuter sérieusement avec son père.

De son côté, Valentin est plutôt morose. Comment comprendre le malaise qui prévaut entre Ursula et sa fille, juste au moment où il envisage sérieusement l'avenir ? Le plus sage serait de différer toute idée de convoler officiellement.

Pourquoi Ursula s'évertue-t-elle depuis quelques temps à lui présenter Prunelle sous un jour détestable ? Espère-t-elle modifier la nature de ses relations avec sa fille ? Même s'il est follement épris d'Ursula et souhaite couler à ses côtés ses vieux jours, jamais cela n'empiéterait sur son rôle de père. Puis au fond, que sait-il réellement d'Ursula ? En plus, la certitude de la savoir capable de perdre son sang-froid, d'user de violence, ne milite pas en sa faveur.

Quand on est incapable de se maîtriser face à des personnes adultes, on peut tout aussi facilement disjoncter avec des enfants. Il en faut de la patience et de la disponibilité pour s'occuper correctement d'un enfant. D'ailleurs, quoi qu'en dise Ursula, Prunelle est un ange de bonté, une gamine parfaitement raisonnable et éduquée.

Gaëlle Galey exulte, quant à elle. L'évolution des choses dépasse largement ses espérances. Prunelle se conduit exactement comme il faut. Il ne reste plus à Gaëlle qu'à y adjoindre son grain de sel pour que la zizanie soit complète. Bientôt, très bientôt, elle retrouvera son statut d'épouse légitime de Valentin, n'en déplaise à la mère de Valentin et toute la famille Oulaï. Dire qu'ils l'ont froidement reçue lors de son dernier séjour. Ils tomberont des nues très prochainement.

Gaëlle tire le rideau de fer de sa boutique de prêt-à-porter, avant de s'en aller d'un pas allègre, rejoindre son amant qui patiente dans son véhicule. Ils ont élaboré un programme très alléchant. La soirée commence par une dégustation de fruits de mer dans un restaurant de classe qui vient d'ouvrir du côté des Deux-Plateaux.

Ensuite, Kévin conduira son amante dans un piano-bar, en prélude à une fin de soirée explosive dans le coquet appart de Gaëlle, sis à la Riviera-Palmeraie. Gaëlle s'installe aux côtés de Kévin dans la belle cylindrée. Ils s'embrassent à pleine bouche, heureux de se retrouver pour croquer la vie.

- As-tu appris que ton ex tiendra bientôt les rênes de la *Saphir Bank* du Plateau ? lui demande Kévin, alors qu'ils se faufilent dans le bouchon du boulevard Latrille.

- Que dis-tu ?

Gaëlle a littéralement aboyé, les yeux écarquillés et les narines dilatées.

- C'est tout comme je te le dis, lui confirme-t-il en la guignant du coin de l'œil.

- D'où tiens-tu cela ? voudrait-elle savoir, les mains soudain moites, les lèvres sèches, le cœur battant la chamade.

- Retiens simplement que c'est de source sûre, rétorque-t-il, le regard allumé d'une fine lueur de moquerie.

Elle s'emmure dans un silence, le front plissé, les yeux fixes, plus que jamais déterminée à remettre le grappin sur Valentin Oulaï. Le jeu en vaut la chandelle, puisque la mise a soudainement quintuplé. Il lui faut rapidement concevoir un stratagème pour réguler les choses. Il est hors de question que Valentin trimballe cet épouvantail d'Ursula dans ses valises. Gaëlle projette un voyage de toute urgence à Man.

- Dis donc, à quoi penses-tu ?

La voix de Kévin la ramène à la réalité. Quelque peu ennuyée par son regard inquisiteur, elle bredouille d'une voix bourrue :

– Moi ? mais à rien du tout.

– Toi ma vieille, la taquine-t-il, je te connais assez pour me douter que tu trames quelque chose dans ta petite tête.

– Bah ! nul ne me connaît au fond, lâche-telle énigmatique.

Puis sautant du coq à l'âne, elle lui rappelle sa promesse de lui offrir une superbe parure aperçue dans une joaillerie de luxe.

Entre Kévin Todo et Gaëlle Galey, il est plus question de fric et de plaisirs charnels. Elle raffole des choses raffinées coûtant la peau des fesses. Elle lui occasionne parfois des dépenses folles, mais il se contente de payer rubis sur l'ongle. Ce n'est point le fric qui manque à ce haut cadre issue d'une vieille famille de la bourgeoisie locale, très influente sur la sphère politique.

Kévin lui a complètement refait son appartement. Il vient en outre de lui ajouter toute une aile à sa boutique de prêt-à-porter et de lingerie féminine. D'ailleurs, peut-on lui refuser quoi que ce soit ? Gaëlle est une amante hors-pair. Elle tutoie le corps masculin à nul pareil. Avec elle, il vit une relation pimentée à souhait.

Certes, elle peut se révéler garce à l'occasion, et Kévin feint d'ignorer ses intentions envers son ex-mari. Mais bon, en quoi cela le regarde ? Kévin est marié et se complait dans une relation extraconjugale qui le comble dans tous ses appétits. Son épouse est absente pour des raisons professionnelles, ce qui lui laisse les coudées franches avec la sulfureuse Gaëlle Galey.

7

Ursula est rassérénée par ses échanges avec Cécile. Au dîner, elle se montre très prévenante avec Prunelle. En fait, elle est plus que jamais convaincue de l'hypothèse du complexe d'Œdipe avancée par Gaëlle. Ah mon Dieu ! mais pourquoi n'y a-t-elle pas songé plus-tôt ? C'est ce qu'elle tente d'exposer à Valentin au cours d'un petit entretien après le dîner. Ce dernier, ravi de ses bonnes dispositions envers la petite, l'écoute jusqu'a ce qu'elle en vienne au fait.

En développant sa théorie d'un probable complexe d'Œdipe, Ursula omet volontairement de mentionner Gaëlle Galey. En effet, elle voudrait éviter de donner l'impression de comploter dans le dos de Valentin. Au fur et à mesure, Valentin se renfrogne.

- A t'écouter ma chère, Prunelle est tout simplement bonne pour l'asile, s'insurge-t-il excédé à la fin de son récit.

- Mais Valen, enfin, pourquoi dis-tu… hasarde-t-elle incrédule.

- En voilà assez ! l'interrompt-il. Avoue que tu es tout simplement jalouse de cette enfant. Tu supportes mal la complicité qui nous lie. Grand Dieu ! mais comment faut-il que je m'y prenne pour te faire entendre raison ? Prunelle n'est pas ta rivale ! Elle ne le sera jamais ! Intègre-le une bonne fois !

Là-dessus, ils se chamaillent. Evaluant la situation, Ursula horrifiée lui dit les yeux humides :

- Mon Dieu ! Réalises-tu ? Nous sommes entrain de nous disputer !

Il garde le silence, mesurant toute la portée de cette remarque. Ursula malheureuse, se réfugie dans ses bras, en quête de réconfort. Elle cherche fébrilement et maladroitement ses lèvres qu'elle finit par trouver tant bien que mal. Valentin répond à son baiser avec ferveur. Ils basculent sur le lit moelleux pour parachever la réconciliation.

Dès le lendemain, Valentin se voit contraint de s'absenter pour un voyage. En effet, son affectation à la capitale économique paraît imminente. Ursula se réjouit sincèrement de cette promotion méritée.

En principe, leur déménagement coïncidera avec le congé annuel d'Ursula. Valentin lui a promis de l'aider à se trouver un nouveau poste d'Assistante Bilingue à la capitale. Ce ne devrait pas être difficile, puisque Monsieur Diomandé, son patron, malgré l'amertume qui lui étreint le cœur de la voir s'en aller, se montre tout disposé à lui signer une lettre de recommandation.

Quant à Valentin, il a en réalité le cœur gros. Il ne sait plus tellement sous quel jour entrevoir leur relation. Comment nier tout l'amour qu'il lui porte ? Comment appréhender aussi les rapports conflictuels avec Prunelle ? Il est clair que la gamine est malheureuse. De temps à autre, Valentin lui surprend un air de martyre. Heureusement que pour une fois, Gaëlle a fait preuve d'ingéniosité en lui offrant le petit berger allemand.

A propos de Gaëlle, elle donne l'impression de s'être assagie, d'être moins futile et volage. A présent, elle supporte de nouveau son regard. Valentin ne peut s'empêcher d'établir une comparaison entre Ursula et Gaëlle. Pourquoi faut-il que les belles femmes aient une pierre à la place du cœur ?

Durant ce voyage à la capitale, Valentin conserve un fond d'anxiété. Comment Ursula gère-t-elle la gamine en son absence ? Mon Dieu, pourvu que Prunelle tienne le coup. A son retour deux jours plus-tard, Ursula l'accueille toute radieuse, tandis que les yeux rivés au sol, Prunelle se tient hésitante.

A première vue, on prendrait cela pour de la timidité liée à l'émotion qui l'étreint de retrouver son père. Toutefois l'œil exercé de Valentin y décèle de l'affliction. Il n'en écoute pas moins patiemment Ursula lui énumérer d'une voix vibrante de joie, les menus détails de prétendus moments de bonheur passés avec la gamine. Ursula raconte combien Prunelle s'est montrée charmante, si bien que pour l'encourager, elle lui a offert une chaînette dorée. Valentin la considère sceptique, ayant toujours en mémoire l'air terrorisé de son enfant.

A la fin de ses explications enthousiastes, sans mot dire, il se glisse hors de la chambre à coucher pour rejoindre Prunelle. Le spectacle qu'il découvre dans la chambre de la gamine est plutôt poignant. Prunelle pleure et gémit en silence, tandis que Pipo, le berger allemand, s'efforce de la consoler tant bien que mal par des petits coups de langues et des jappements plaintifs. Le cœur meurtri, Valentin écarte l'animal et prend la gamine dans ses bras.

– Prunelle chérie, pourquoi ces larmes ? l'interroge-t-il.

Et Prunelle lui relate d'une voix hachée, sa version des moments passés avec Ursula en l'absence de son papouné. Elle affirme avoir subi les pires traitements, si bien qu'elle n'a cessé d'implorer le Ciel pour qu'il lui ramène papouné au plus vite.

- Mon pauvre amour, la console-t-il, le cœur déchiré. Ursula m'a pourtant assuré le contraire. Elle t'aurait même offert une chaînette dorée pour te récompenser de ta conduite exemplaire.

- Jamais de la vie ! s'indigne Prunelle. Elle ne m'a rien offert.

Valentin sèche les pleurs de l'enfant qu'il borde avec précaution. Pipo est raccompagné dans le jardin, puis d'un pas ferme, Valentin retourne auprès d'Ursula qui lui doit la vérité.

- Comment peux-tu me servir des mensonges aussi grossiers ? fulmine-t-il les yeux lançant des éclairs. A ton âge, tu n'as pas honte ?

- Comment ? Qu'est-ce que ?

Ursula tombe complètement des nues. Et c'est parti pour un rebondissement dans le feuilleton Prunelle Oulaï ! Les jambes tremblotantes, le cœur agité de bonds désordonnés, Ursula prend la direction de la chambre de Prunelle. Après avoir refermé la porte à cause des courants d'air, elle s'installe sur le rebord du lit et somme la gamine de révéler l'exactitude de ce qui s'est passé en l'absence de son père.

Sans lui répondre, Prunelle saute du lit et sort de la pièce. On croirait qu'elle cherche à trouver refuge dans les bras paternels, que non ! son but véritable est de s'assurer que les oreilles de Valentin ne traînent pas dans les parages. Elle revient tranquillement sur ses pas et se recouche en tournant ostensiblement le dos à Ursula. A toutes les interrogations d'Ursula, Prunelle fait la sourde oreille.

– Dis donc, je te parle ! l'interpelle Ursula excédée, en lui tapotant le dos pour forcer son attention.

C'est alors que contre toute attente, Prunelle la gifle à la volée de toute la force de sa petite main potelée.

– Ça alors ! Mais ça ne te va pas ? s'écrie Ursula estomaquée.

Puis perdant le sens de la mesure sous le coup de l'offense volontaire, elle lui assène à son tour une gifle bien sentie. Prunelle ne semblait qu'attendre cela. Se tenant la joue endolorie à deux mains, elle se met à hurler à pleins poumons. Alerté par les pleurs de sa fille, Valentin accourt en trombe. Pipo a également rappliqué en vitesse depuis le fond du jardin.

Il se déclenche alors un sabbat infernal dans la coquette chambre entre la gamine qui hurle toujours à pleins poumons en déversant toutes les larmes de son corps, Valentin qui d'une voix sèche et les traits déformés par la colère, demande des comptes à Ursula ; et les aboiements furieux de Pipo, le berger allemand, qui se contient difficilement pour ne pas sauter à la gorge de l'intruse. Retranchés dans la cuisine, les domestiques ont une vague idée de ce qui se passe, mais Monsieur Valentin leur a clairement spécifié leur place et ce qui les regarde dans la maison. Qui serait assez fou pour risquer dans des histoires de famille, une position enviable ?

Valentin est furieux du geste d'Ursula qui a osé lever la main sur sa Prunelle. Elle a outrepassé les bornes ; une décision s'impose au plus vite. Cette nuit-là, Valentin dort dans la chambre de sa fille. Calée contre le torse puissant de son papouné, Prunelle s'endort d'un sommeil peuplé de fleurs. Très tôt le matin, desserrant à peine les lèvres en présence d'Ursula, Valentin quitte la demeure en tenant d'une main sa fille, et de l'autre une petite valise.

– Pour l'amour du Ciel, où allez-vous ainsi ? plaide Ursula.

– J'ai besoin de faire le point, Ursula Loua ! lâche-t-il d'un ton mordant. Il me faut pour cela un cadre propice. Quant à ma fille, je ne voudrais pas encourir le risque de te la confier. Je ne sais que trop de quoi tu es capable !

– Valen chéri, je t'en prie, essaie de m'écouter, l'implore Ursula désespérée du tour que prennent les choses.

Valentin consent à marquer une halte.

– Tout ceci est un horrible malentendu, laisse-moi t'expliquer, plaide-t-elle.

Il ne répond rien, se contentant de la détailler, les yeux amers. Ursula se jette à l'eau, usant de sa dernière carte :

– Si seulement tu dérogeais à tes principes pour une fois… les domestiques te confirmeront que je ne suis pas un monstre de cruauté, et que je m'occupe bien de la petite.

– Hum ! nous y revoilà ! rétorque-t-il méprisant. Toute personne qui se respecte ne doit jamais les mêler à ses problèmes personnels. Ce sont des employés, un point c'est tout. Et puis, je ne suis pas benêt au point d'ignorer combien ils peuvent servir de pions sur les échiquiers maléfiques des femmes.

Il reprend son souffle, ses yeux fulminent, un léger tremblement agite ses mâchoires, ce qui est chez lui le signe d'une vive contrariété.

– Et puis, gare ! conclut-il l'indexe menaçant. Au moindre doute, je les renvoie tous ! Je ne veux point d'espions logés sous mon toit !

La menace atteint de plein fouet le gardien qui passait un dernier coup d'éponge sur la voiture du patron. Effaré, le regard en coin, il se promet de répercuter la mise en garde à qui-de-droit. Dans une attitude servile, il se précipite pour arracher la petite valise des mains de monsieur. Il s'empresse aussi d'aider mademoiselle Prunelle à monter en voiture.

– Chéri, je t'en prie, ne…

Les mots meurent dans la gorge d'Ursula, car Valentin enclenche déjà la marche-arrière pour sortir le véhicule du garage. Ursula se réfugie en pleurs dans la chambre. Elle réalise amèrement qu'elle est entrain de perdre son homme. En effet, à moins d'un miracle, leur vie commune ne sera plus bientôt qu'un lointain souvenir.

Il n'y a qu'une seule personne au monde capable de l'aider à démêler ce nœud d'incompréhension, cette personne qui la première a perçu le complexe d'Œdipe.

Le cœur battant la chamade, Gaëlle savoure une nuée d'hirondelles rôties qui vient de lui atterrir en plein dans le gosier. Ne voilà t-il pas qu'Ursula Loua vient de l'appeler à la rescousse ? Contre toute attente, cette péronnelle, bête comme ses pieds, l'implore de raisonner Prunelle. Etant sa mère biologique, Ursula est sûre que cela marchera à tous les coups. Il suffirait donc d'un mot de Gaëlle Galey pour que Prunelle revienne à de meilleurs sentiments.

Tout ceci dépasse largement les espérances de Gaëlle qui annule sans regret un week-end de gâteries aux côtés de Kévin.

Elle n'attendait qu'une occasion propice pour se rendre à Man et prêter main forte à sa fille. Voilà que cette sorcière d'Ursula se jette les yeux ouverts dans la gueule du loup ! Faut-il à ce point, manquer de discernement ?

Dès lors, commencent les choses sérieuses. Gaëlle lui apprendra à mettre le grappin sur des banquiers divorcés. Carrément ! il en faut de la classe et du style pour épouser un homme de la trempe de Valentin. Est-ce qu'une petite poissarde, jamais sortie de ses montagnes, pourrait tenir un tel rôle ? Place aux choses sérieuses ! Place aux dames de la haute ! Et surtout place à Gaëlle Galey ! Le tapis rouge ne sied pas aux sauvageonnes !

Tôt le dimanche matin, Gaëlle emprunte un vol de la compagnie locale pour Man. Après une courte halte à l'hôtel Les Cascades, elle se rend au domicile de son ex-mari, revêtue d'un blue-jean qui moule ses formes généreuses. Elle arbore également un magnifique polo noir et une paire de boots vernis. Des lunettes de soleil à monture dorée complètent l'ensemble, enrobant son être d'une subtile aura de mystère. Valentin et Prunelle rentrent en principe de leur escapade en fin d'après-midi. Gaëlle a largement le temps d'en finir.

Au domicile de Valentin, Gaëlle est chaleureusement accueillie par Ursula qui affiche une mine affligée, les traits tirés et les yeux rougis d'avoir trop pleuré. D'une voix entrecoupée par les sanglots, elle résume la situation à Gaëlle. Cette dernière qui a rangé ses lunettes de soleil dans leur étui, verse quelques larmes de compassion. Elle serre affectueusement Ursula dans ses bras, la réconfortant du mieux qu'elle le peut, lui faisant la promesse formelle de s'impliquer à fond pour la normalisation des choses. Gaëlle est d'avis qu'il est temps que Prunelle intègre le fait que son papa doit refaire sa vie.

A force de paroles apaisantes, elle a réussi à consoler Ursula, lorsque Pipo, le berger allemand, signe son apparition dans le salon. Gaëlle s'enquérait justement des nouvelles de l'animal. Pipo qui a reconnu la mère de Prunelle, jappe et frétille de la queue en se précipitant pour lui faire la fête. Ursula s'est involontairement raidie, ainsi que toutes les fois que Pipo qui vire au molosse, se trouve dans les parages. Gaëlle la taquine sur cette peur irraisonnée en fourrant dans la gueule de Pipo un énorme biscuit tout croustillant.

– A présent mon grand, sauve-toi et retourne dans le fond du jardin ! le houspille-t-elle. Tu lui fiches la trouille à notre pauvre Ursula.

Elle lui flatte une dernière fois l'encolure et le réexpédie dehors d'une tape à l'arrière-train. La queue frétillante, Pipo se sauve en croquant goulûment son biscuit savoureux. Après un tour rapide aux toilettes, Gaëlle demande à prendre congé d'Ursula.

La mine neutre, les domestiques observent le déroulement des événements, cette forte complicité entre l'ancienne et la nouvelle femme du patron. Ursula qui a remarqué qu'ils sont quelque peu distants vis-à-vis d'elle, ayant peut-être flairé que le vent tournait en sa défaveur, se réjouit de cette visite inespérée de Gaëlle Galey qui augure de lendemains qui chantent.

Bientôt, tout ceci ne sera plus qu'un mauvais souvenir. L'harmonie et la gaieté prévaudront au sein de la maisonnée, ainsi qu'il en était dans un passé récent. Ursula se sent pousser des ailes de bonheur.

Le soir tombe, lorsque Valentin et Prunelle signent leur retour. Le père de Prunelle affiche une mine moins austère. Il a échangé avec sa fille, et est parvenu à la convaincre de pardonner à Ursula pour les fâcheux débordements. Valentin lui a solennellement promis de tout mettre en œuvre afin que plus jamais cela ne se reproduise. En effet, submergé d'amour pour Ursula, Valentin ne peut pour l'heure sérieusement envisager une rupture. Il consent à lui offrir une dernière chance, à condition bien entendu qu'elle veuille y mettre du sien.

Dès qu'ils mettent le pied à terre, Prunelle se précipite à la recherche de Pipo. Au passage, elle a poliment salué Ursula qui est venue les accueillir au garage, attirée par le bruit de la voiture et du portail qu'ouvrait le gardien. Un peu en retrait, se tiennent la cuisinière et la nounou de Prunelle.

Ursula s'approche timidement de Valentin qui après une brève hésitation, lui ouvre les bras. Mêlant rires et larmes de soulagement, elle s'agrippe à lui.

- Je te promets d'y mettre sérieusement du mien, afin que les choses évoluent dans le bon sens, lui chuchote-t-elle d'une voix entrecoupée de sanglots.

- Je n'en demande pas mieux, rétorque-t-il d'un ton égal en lui essuyant tendrement les larmes.

Il se penche pour prendre possession de ses lèvres, lorsque Prunelle surgit du fond du jardin en se lamentant :

- Papa ! papa ! Viens vite ! C'est Pipo ! il ne répond plus quand je l'appelle.

- Comment cela, il ne répond plus ? s'étonne Valentin en relâchant Ursula à regret.

- On dirait qu'il est … mort… hoquette la gamine.

– Pas de panique, tente-t-il de la rassurer. Allons y voir de plus près.

Intrigués, Valentin et Ursula emboîtent le pas à Prunelle. Dans le fond du jardin, le corps du malheureux chien gît, raide, contre un pied d'orgueil-de-Chine. L'animal semble avoir énormément vomi ; l'herbe autour en est horriblement maculée.

– Oh mon Dieu ! s'exclame Ursula en réprimant un haut-le-cœur.

Valentin s'est accroupi pour examiner la scène de près.

– Il est mort en effet, lâche-t-il d'une voix blanche.

Prunelle sanglote de plus belle. Ursula se met en devoir de la consoler :

– Ma pauvre chérie, c'est vraiment affreux. Si tu savais combien j'en suis navrée.

– Tu es navrée, toi ? lui rétorque durement la gamine. Et comment le serais-tu, alors que tu ne l'as jamais supporté ? Je parie que tu l'as tué ! Tu l'as fait exprès pour me faire du mal ! Tu n'es qu'une méchante sorcière !

Ursula accuse le coup, horrifiée. Ainsi donc, ce serait-elle la responsable de la mort du pauvre chien ? Valentin prend la petite dans ses bras. Le regard qu'il darde sur sa compagne est suspicieux, insultant pour la dignité d'Ursula.

– Tout porte à croire qu'il a été empoisonné, déclare-t-il d'un ton neutre.

– Mais enfin, j'hallucine ! proteste Ursula. Vous n'allez quand même pas m'accuser de la mort de ce pauvre animal ? Pourquoi commettrais-je un acte aussi odieux, démentiel à la limite ?

– Dans ce cas, ma chère Ursula Loua, indique-nous le ou la personne coupable ! argue-t-il méprisant après un léger silence tendu. Ce chien, tu le supportais à grand-peine ; ceci est un secret de polichinelle !

Il se détourne en emportant la gamine très remuée par la disparition brutale de Pipo. Ursula demeure interdite. Autour du cadavre de l'animal, les domestiques s'activent en silence. Dans les yeux de certains, brille une lueur ténue de compassion pour Ursula, toutefois ils sont astreints par la loi du silence. A pas lents, Ursula retourne s'affaler dans un canapé du salon.

Qu'est-ce qu'encore cette tragédie ? Jamais elle n'aurait pu empoisonner ce pauvre animal. La colère et l'émotion altèrent complètement le jugement de Valentin et Prunelle. Mais alors, c'est qui le ou la coupable, puisque selon toute vraisemblance, le pauvre Pipo a été victime d'empoisonnement ? Qui aurait pu trouver un quelconque intérêt à se débarrasser du chien ? Valentin et Prunelle sont à exclure de la liste des coupables, parce qu'absents au moment des faits. Ursula se figure mal les domestiques se prêter à un jeu aussi mesquin. Mais alors qui ? La silhouette de Gaëlle Galey se découpe clairement sous les yeux d'Ursula.

– Non mais… c'est impossible, gémit Ursula hébétée.

Et pourtant… en dehors de Gaëlle Galey, nul visiteur ne s'est introduit dans la villa en l'absence de Valentin et Prunelle.

– Pourquoi Gaëlle empoisonnerait le chien qu'elle a offert à sa propre fille ? C'est complètement absurde ! murmure Ursula dans le silence obscur du salon.

Elle se surprend à soliloquer, dépassée par la tournure des événements et l'évidence qui en elle, se fait jour. Car en effet, dans la matinée, Gaëlle vêtue comme une tueuse à gages, a fourré dans la gueule de Pipo un biscuit croustillant sorti tout droit de son sac à main, après quoi, elle a effectué un tour aux toilettes, et demandé à prendre congé. Là, à présent, il n'y a pas l'ombre d'un doute : Gaëlle Galey a délibérément empoisonné le pauvre chien offert à sa propre fille !

Dans les oreilles d'Ursula, bourdonnent à présent les incessantes mises en garde de sa cousine Cécile. Ursula s'arrache les cheveux de désespoir. Quelle idiote ! Elle s'est complètement fourvoyée au sujet de Gaëlle Galey ! Elle a sottement livré son homme, son foyer, à sa rivale sur un plateau d'or ! Il est indéniable en effet que Prunelle n'était qu'une marionnette. C'était elle, Gaëlle Galey, la mère de Prunelle, la marionnettiste futée qui plombait son foyer par le biais de présupposées relations tortueuses avec sa belle-fille. Le complexe d'Œdipe et tout le reste, n'était que du baratin destiné à la faire passer pour une demeurée aux yeux de Valentin.

Ursula se désole de n'avoir pas plus de cervelle qu'un moineau. Comme Gaëlle a dû rire sous cape de sa naïveté ! Aussi quelle sacrée comédienne ! Comment se méfier d'une femme qui enjoint à sa propre fille de vous appeler « maman » ? Et dire qu'elle versait des larmes de crocodile en faisant semblant de la consoler. Le diable l'emporte ! Cela ne se passera pas ainsi ! Ursula est déterminée à se battre bec et ongles afin de préserver sa relation avec Valentin. Toute cette mare d'équivoques sera rapidement et correctement asséchée !

Ursula bute sur Valentin au moment où il se glisse hors de la chambre de Prunelle. Elle lui saisit la main d'autorité, résolue à tout lui expliquer. Perplexe, Valentin se laisse faire et conduire dans la chambre à coucher, où Ursula se met en demeure de le convaincre de la perfidie de Gaëlle.

- Mais tu es folle à lier ! ma parole ! s'exclame-t-il révolté, à la fin de son récit. Quel intérêt aurait Gaëlle à supprimer le chien qu'elle s'est donné du mal à offrir à son enfant ?

- Certaines personnes ne reculent devant rien pour atteindre leur objectif ! rétorque Ursula qui ne veut pas s'en laisser conter.

- Veux-tu arrêter tes âneries ? s'impatiente Valentin. Entre Gaëlle et moi, la rupture est consommée ! Beaucoup d'eau a coulé sous les ponts ! Emerge de tes rêves, Ursula !

La mine dépitée, Ursula se désole de l'incrédulité de Valentin. Ce dernier repart à la charge en se frappant dans les mains :

- Là ! je te tiens ! Poussée par une jalousie autant maladive qu'injustifiée, tu as monté tout ce scénario lugubre, que Stephen King lui-même jetterait à la poubelle !

- Miséricorde ! soupire Ursula indulgente. Je te pardonne volontiers, n'ai-je pas moi-même, mordu à l'hameçon ?

- Tu devrais consulter un psychiatre ! fulmine-t-il. A cette allure, tu es bientôt bonne pour la camisole !

Toutefois, face à l'insistance d'Ursula qui réclame la version de Gaëlle, il s'empare du téléphone et pianote les notes du numéro de son ex-femme sur le cadran lumineux. Après une brève sonnerie, la voix claire de Gaëlle emplit la pièce. Valentin a enclenché le haut-parleur.

– Oui, allo ! C'est toi Valentin ? Etes-vous bien rentrés ? Comment se porte Prunelle ? Je suis là pour une visite éclair, et j'ai fait un crochet chez toi ce matin.

La voix de Gaëlle se charge soudain d'une émotion :

– Mon Dieu, il faut absolument que nous puissions parler. Tu fais vraiment bien d'appeler. C'est au sujet de Prunelle, mais je te le dirai de vive voix.

Après l'avoir invitée à les rejoindre d'un ton absolument neutre, Valentin interrompt la communication. Ursula est visiblement tendue. De la part de Gaëlle, il faut s'attendre à tout. Que s'apprête-t-elle à révéler à Valentin ? Se pourrait-il que par le plus heureux des hasards, elle admette sa forfaiture ?

Déterminée à garder les yeux ouverts, Ursula ronge son frein en attendant l'arrivée de Gaëlle. Dans la maison, plane un silence lourd, orageux, comme en prélude à l'inévitable déflagration.

Environ un quart d'heure plus-tard, Gaëlle est présente sur les lieux. Vêtue avec grand soin d'un élégant boubou brodé, elle donne l'impression de célébrer un événement de taille. Gaëlle Galey affiche un sourire radieux qui s'évanouit devant la mine atterrée de ses hôtes.

Valentin lui explique posément la situation, les allégations d'Ursula au sujet du fameux complexe d'Œdipe, ainsi que le présupposé rôle joué par Gaëlle, sans omettre la mort brutale de Pipo, le berger allemand.

– Mon Dieu du Ciel ! se lamente Gaëlle Galey, les yeux larmoyants, la voix empreinte de trémolos. Je ferais peut-être mieux d'emmener Prunelle loin d'ici. Ça me semble une question de vie ou de mort !

– Que dis-tu ? rugit Valentin estomaqué.

Ursula perplexe, ne perd pas une miette des performances théâtrales de Gaëlle.

– Tu vas encore t'énerver, m'accuser d'exagérer. Tu diras que j'ai la sinistrose, gémit-elle à l'endroit de Valentin. Mais il est clair que celui ou celle qui a empoisonné le chien de Prunelle, s'est trompé de cible. Je ne vais pas attendre les bras croisés qu'il se donne les moyens de remettre le couvert.

De sa main impeccablement manucurée, Gaëlle Galey s'essuie tout un flot de larmes qui vient d'échapper à ses yeux fardés. Valentin ne sait quel argument rétorquer à ce terrible réquisitoire.

– Et peut-on savoir ce que vous insinuez, très chère Gaëlle Galey ? l'interpelle Ursula outrée, en la toisant de tout le mépris dont elle est capable.

– Mais enfin mademoiselle Loua, lui rétorque Gaëlle d'un ton neutre. Ne faites pas l'innocente. Comportez-vous en personne raisonnable pour une fois ! N'est-ce pas vous qui me suggériez à cette même place ce matin, qu'il serait salutaire pour votre relation avec Valentin, que je réclame la garde de Prunelle ?

– Non mais, elle ment ! s'écrie Ursula outrée.

Sans daigner s'occuper outre mesure de cette objection, Gaëlle Galey poursuit superbe :

– D'après vous, le prétendu complexe d'Œdipe de Prunelle, et là, je ne fais que vous paraphraser, commençait à plomber sérieusement votre vie de couple.

– Vous n'êtes qu'un monstre ! lâche Ursula révoltée.

– Mais c'est vous le monstre, rétorque Gaëlle acerbe. J'ignorais que Prunelle vous embêtait autant que cela. Vous avez supprimé de manière crapuleuse ce pauvre chien. Vous jouez les saintes nitouches, alors que votre geste, aussi macabre que désespéré, est en réalité un avertissement.

– Ça alors ! ça existe des femmes comme vous ? s'insurge Ursula pleine de dégoût.

– Oui, il existe des femmes honnêtes, saines d'esprit et de corps ! martèle Gaëlle.

Et toujours superbe, en femme sûre de son fait, elle interpelle de nouveau son ex-mari :

– C'est justement de cela que je souhaitais t'entretenir. Ton coup de fil est tombé à point nommé. Cette femme supporte très mal la présence de notre fille. Et puisque j'ai vu de mes yeux jusqu'où elle est capable d'aller, je ne vais pas y aller par quatre chemins pour te réclamer la garde de Prunelle.

Un silence glacé accueille ses allégations. Ursula sent monter en elle un ouragan de colère, un brasier qui risque d'emporter l'intrigante.

– J'ai trop souffert pour concevoir et enfanter cette enfant, conclut Gaëlle Galey, la mine résolue, les poings aux hanches.

Décidément, Ursula n'en peut plus de tant de félonie. Sa main se détend brusquement. Une gifle retentit à toute volée. Prise au dépourvu, Gaëlle Galey se tient la joue endolorie. A ses pieds, traîne une de ses boucles d'oreilles. Au prix d'un effort surhumain, elle parvient à se contenir, à ne pas arracher à Ursula toute la peau des fesses. A quoi bon ruiner tous ses efforts par une colère autant bête qu'inutile ?

– Eh bien ! ironise-t-elle en enveloppant son ex-mari d'un coup d'œil éloquent. En voilà une illustration sans commentaire de celle à qui tu voudrais confier la responsabilité de ton enfant ! S'il est permis d'être aussi violente et vulgaire !

Le ton monte rapidement entre Ursula, très remontée, qui voudrait absolument en découdre avec Gaëlle Galey, et cette dernière qui, la mine impassible, l'abreuve de qualificatifs humiliants. Valentin peine à éviter ce pugilat en plein salon bourgeois.

Attirée par les éclats de voix, Prunelle vient compléter le tableau, les yeux bouffis de larmes. A la vue de sa mère, elle se précipite dans ses bras. Ses sanglots semblent redoubler ; d'une voix hachée, elle l'informe de la mort du chien.

– Je sais, ton père m'a déjà mise au courant. Ma pauvre chérie. Celle qui a fait cela, est une vraie crapule, on devrait la foutre en tôle.

Et Gaëlle se met à câliner sa fille pour édulcorer sa peine. Valentin entraîne Ursula à l'écart, d'autant que les larmes de Prunelle semblent redoubler à la seule vue de la compagne de son père.

– Mon Dieu, aurais-je à ce point, manqué de discernement ? Je ne te connaissais point sous cet angle, Ursula Loua, gémit-il désabusé.

– Tout est entièrement de ta faute ! lâche-t-elle écœurée.

– Serais-tu entrain de me faire porter le chapeau ? relève-t-il douloureusement.

– Mais tu ne vois pas plus loin que le bout de ton nez ! lui reproche-t-elle. Comment n'es-tu pas capable de t'apercevoir que cette femme est entrain de tenir son pari de nous séparer ?

– Je suis profondément navré, soupire-t-il amer. Je crains que nous ne soyons plus sur la même longueur d'ondes.

– L'avons-nous déjà été ? observe-t-elle d'un ton égal.

Le silence s'installe, palpable, d'une rigidité de granit, le genre de silence qui précède un verdict sans appel.

– Il serait peut-être mieux que nos routes se séparent, décrète-t-il en proie à un tourment intérieur. Mieux vaut se séparer pendant qu'il en est encore temps.

Elle opine de la tête, la vue brouillée par des larmes de désespoir. Une boule énorme lui comprime l'estomac. Elle a l'impression qu'elle va étouffer, que de son pancréas, lui monte à la gorge tout le jet de bile régulant le transit. Elle donnerait tout pour être ailleurs. S'il lui était possible de refaire l'histoire, de supprimer le chapitre de leurs baisers et rencontres.

La voilà encore une fois blessée et humiliée pour l'amour d'un homme…

D'un pas de somnambule, elle prend la direction de la chambre à coucher. Elle boucle ses valises à tout hasard et quitte les lieux de manière définitive. Au passage, un bref coup d'œil à

Valentin et son ex-femme s'évertuant à consoler leur progéniture, le fruit de leur amour, ce lien indestructible dont la vie les a unis.

Elle l'entend comme dans un brouillard, accéder à la requête de sa fille qui réclame la présence de sa maman pour la nuit. Entre eux, tout semble tellement naturel. Leur petite famille se reconstitue, exempte de toute intruse. Et s'il jouait la comédie ? N'a-t-elle pas été victime d'un complot qu'ils auraient monté de toutes pièces, pour l'évincer et se redonner une chance de s'aimer en écartant définitivement le spectre d'une famille recomposée ?

8

Ursula se réfugie chez sa cousine Cécile au quartier Sari. Elle n'a nul autre endroit où aller. En prélude à sa vie maritale avec Valentin, elle avait résilié le contrat de location de son petit deux-pièces. Ursula se voit très mal demander asile à son père ou sa mère. On la saoulerait de questions déplacées, de reproches inutiles.

Attentifs à son chagrin, Cécile et Xavier se montrent vraiment sympas. Ils lui accordent une hospitalité sans réserve. Ursula ne trouve pas les mots pour qualifier ce qui lui arrive. Solidaire de son tourment, Cécile retient ses larmes pour ne pas en rajouter à son désespoir. Elle se garde de relever la naïve insouciance d'Ursula qui a fait fi de ses continuelles mises en garde.

Le lendemain lundi, débute une nouvelle semaine, mais Ursula se sent trop mal pour se rendre au boulot. Prétextant une course, Cécile s'absente un moment, direction la *Saphir Bank* pour un entretien d'urgence avec Valentin Oulaï. Celui-ci n'a pas très bonne mine, le front barré d'une ride soucieuse, les yeux amers. Cécile lui fait part de son projet de le réconcilier avec Ursula, mais Valentin lui rétorque navré, que cela n'est pas à l'ordre du jour. Il explique à Cécile, qu'ils ont vainement abordé le problème sous toutes les coutures. Cette dernière lui rappelle une conversation précédente quelques mois plus-tôt, dans ce même bureau, peu avant qu'il ne franchisse un palier déterminant dans sa relation avec Ursula.

– Je vous avais insisté sur le fait que ma cousine est une personne sensible, fragile, sous ses apparences de femme forte. Vous me juriez alors de l'épouser. Qu'en est-il aujourd'hui ?

– Ma chère Cécile, lui rétorque-t-il peiné, je suis sincèrement navré de la tournure des événements. N'ai-je pas de mon plein gré, demandé la main d'Ursula ?

A cette logique implacable, Cécile ne trouve pas d'objection. Valentin poursuit d'une voix lasse :

– Essayez de me comprendre, inversons un peu les rôles. Comment épouser une femme qui n'accepte pas la présence de votre enfant ? Le jour où la Providence vous comblera de la grâce de la maternité, je crois que vous appréhenderez mieux la délicate posture dans laquelle je me trouve en ce moment.

– Pardonnez mon indiscrétion, hasarde Cécile. Vous est-il arrivé de songer un seul instant que ce malentendu pourrait être le fait d'un tiers malintentionné, en l'occurrence votre ex-épouse ?

– Navré, lui oppose Valentin intransigeant, ceci est complètement absurde, comme je me tue à l'expliquer à Ursula.

Cécile impuissante prend congé de Valentin. Quelle preuve tangible pourrait-elle opposer à la justesse de ses arguments ? Il n'y en face qu'un homme qui se donne les moyens de préserver l'intégrité de sa progéniture. Contrairement à la candide Ursula, la perfide Gaëlle Galey l'a parfaitement intégré.

Après le départ de Cécile, Valentin se replonge dans ses réflexions. Réfléchir, il ne fait que cela depuis la veille. Tout porte à croire que la démarche de Cécile a été inspirée par Ursula, mais dans quel but, nom d'une pipe ? Il ne peut nier cet amour fou qu'il éprouve pour Ursula. Peut-on du jour au lendemain, gommer l'être aimé de son cœur ? Cependant, il incombe de savoir raison garder. Ainsi que l'a si bien souligné Gaëlle, il y a en jeu la sécurité de Prunelle. C'est cela le plus important.

Avec le temps, il finira par oublier Ursula. S'il a pu oublier Gaëlle Galey, ce ne sera pas mission impossible. Mon Dieu, pourquoi en règle général, les belles femmes se révèlent des garces ? Et pourtant, il y croyait sincèrement. Il s'imaginait que le traumatisme généré par le divorce de ses parents, ferait d'Ursula une bonne mère pour Prunelle. Que nenni ! Ursula l'avait abusé sur toute la ligne ! L'unique chose dont il se félicitait, c'est de ne s'être pas précipité pour les formalités de l'union civile et religieuse. Il n'y a rien de pire qu'une femme qui exhibe son alliance sous le nez de son homme, pour lui rabattre le caquet. Tout homme devrait y réfléchir par deux fois, avant de leur accorder une telle immunité.

Valentin s'était donné le temps d'étudier Ursula, et voilà que l'étude se révélait plus que concluante. Quelle sacrée comédienne ! N'aurait-elle pas inversé la tendance dans le récit qu'elle lui livra de l'après-rupture avec le dénommé Guillaume ? A bien y regarder, c'est ce Guillaume qui l'avait chassée à coups de baquets d'eau glacée et de manche à balai, en découvrant sa répugnante nature de garce !

En tous cas, le moins qu'on puisse dire, c'est Gaëlle Galey et Ursula Loua l'ont à jamais dégoûté des femmes. Comment donner de nouveau sa confiance à une femme ? Toutes des filles d'Eve, menteuses et trompeuses à souhait…

On aborde le mois de décembre et les fêtes de fin d'année. Bientôt deux mois que Valentin occupe ses nouvelles fonctions de Directeur de la *Saphir Bank*, à Abidjan-Plateau. Ursula est continuellement maussade, se jetant à corps perdu dans le travail pour oublier sa peine. Ce n'est pas facile de supporter le regard d'autrui, les commérages, les allusions malveillantes.

Ursula a finalement remercié Cécile et Xavier pour leur hospitalité et leur soutien au cœur de la tempête. A présent, elle occupe un autre deux-pièces situé dans une coquette cité au pied de la montagne Sainte-Thérèse. Elle n'est plus jamais retournée au Pont-vert, fuyant comme la peste, tout ce qui lui rappellerait Valentin, dont l'image la hante continuellement.

Ursula ne peut oublier les moments heureux, qu'ils ont ensemble vécus. A chaque fois les pointes de ses seins s'érigent quand elle se rappelle la douce torture que leur imposait sa langue chaude et veloutée. Un doux frisson lui parcourt l'échine au souvenir de leurs étreintes fougueuses. Hélas ! tout cela est bel et bien révolu !

Avec du recul, elle entrevoit la situation sous un autre angle. Non, elle ne lui en veut plus, parce qu'elle est consciente du gâchis occasionné par Gaëlle Galey, de la sorcellerie pure !

L'amour n'est jamais de tout repos. Soit on a affaire à une rivale déclarée, soit il y a tapie dans l'ombre, une personne qui ne rêve que de vous enjamber. En termes de coups bas, Gaëlle Galey n'a pas son pareil. Elle a manipulé sa fille à l'insu de tout le monde, jetant le masque au moment où la zizanie était complète.

En tous cas, s'il lui arrivait d'aimer de nouveau, Ursula se méfierait même des sœurs biologiques de l'élu.

Ursula se rend chez son père qui a souhaité un entretien. Vêtue d'un pantalon en tissu léger et d'un tee-shirt, les pieds chaussés de sandales en cuir traditionnel, Ursula est prête pour le rendez-vous. Dès son arrivée, la mine glaciale de son père et le mépris affiché de sa belle-mère lui font entrevoir le pire. Son père lui demande froidement où elle en est, ce qu'elle compte faire de sa vie. C'est bien la première fois que l'un ou l'autre aborde la question. Ursula répond de manière évasive ; elle n'a pas de projets immédiats. Son père lui conseille d'y réfléchir à deux fois avant de trimballer encore des touristes dans sa maison.

Le cœur gros, Ursula doit souffrir les railleries de sa belle-mère qui lui jette en plein visage qu'au regard de son caractère odieux, ça ne pouvait que se terminer ainsi.

— Et tu ne t'es même pas gênée pour empoisonner le malheureux chien d'une gamine, lui reproche-t-elle, les lèvres pincées, les prunelles allumées d'une joie mauvaise.

– Qu'est-ce que ?

Ursula incrédule n'en revient pas.

– Pense un peu à l'honneur de ton père, la prochaine fois ! jubile l'horrible belle-mère. Il se fait vieux ; à ce rythme, son cœur lâchera un de ces quatre.

Les lèvres crispées, Ursula prend le parti de ne pas répondre. Elle refoule de toute son énergie, des larmes traîtresses qui feraient grimper la mégère au septième ciel. Il est donc vrai que cette sorcière a embouché cor et trompette, racontant à qui veut l'entendre qu'Ursula est une schizophrène, une criminelle qui n'hésite pas à empoisonner les chiots des gosses. Quelques amies, bien ou malintentionnées, lui ont rapporté les excès de dame Gohou dans son salon de coiffure favori ; Ursula était bien-entendu à l'honneur.

N'est-ce pas dans ce même espace, qu'elle applaudissait à tout rompre le bonheur d'Ursula ? Mais bien entendu, sa paupière gauche battait frénétiquement ce jour-là…

Il n'y a rien de pire que d'être trahie par sa propre famille, quand son père et sa belle-mère ne la vouent pas aux gémonies, c'est sa propre mère qui affiche un mutisme inquiétant. Gaëlle Galey doit boire du petit lait…

Au bout de quelques échanges ennuyeux et stériles, Ursula quitte les lieux. Elle se rend au supermarché pour faire des emplettes. Ça lui changera un peu les idées. Chargée d'un cabas à moitié plein, Ursula décide de bénéficier des bienfaits de la marche. Elle arrive bientôt en vue du terrain de maracana du quartier Thérèse. Quelques hommes y jouent à la pétanque.

A l'exclamation d'un joueur qui lançait sa boule, Ursula tourne la tête et marque une halte, comme pétrifiée. Mon Dieu, ce qu'il ressemble à Valentin Oulaï ! Il doit avoir la trentaine, il a également des sourcils fournis, des pommettes un peu hautes, le menton creusé d'une adorable fossette. La seule différence réside au niveau de la carnation, car le joueur de pétanque a le teint un peu plus clair. Ursula le contemple. Elle donne l'impression d'être captivée par le jeu. Soudain, la présence de cette jolie jeune dame qui prend un plaisir évident à les regarder, commence à échauffer le sang de tous ces mâles. Ursula se voit contrainte de quitter les lieux, avant qu'un de ces coqs ne s'enhardisse.

Arrivée au niveau de la paroisse Sainte-Thérèse, Ursula cède à l'envie d'un temps de recueillement. Lorsqu'elle s'agenouille devant le Saint-Sacrement, une bouffée d'air frais inonde la petite église, enrobant son être de bien-être. Ursula en ressort le cœur apaisé.

Au pied de la montagne Sainte-Thérèse, Ursula tombe net sur Cécile qui revenait de chez elle. Après un échange de bisous, les deux cousines regagnent la demeure d'Ursula distante de seulement quelques mètres.

- T'es-tu encore fait voler ton portable ? lui demande Cécile qui l'aide à disposer ses provisions dans le réfrigérateur.

Ursula lui assure que non. Son i-phone, elle l'a éteint et mis en charge avant de sortir. L'image de Valentin associé à cet appareil qu'il lui a offert, en prélude à leur première nuit d'amour, refait surface. Ursula plisse les paupières pour chasser la vision. Au moment de refermer le réfrigérateur, elle éprouve une sorte de malaise, une violente envie d'aller aux toilettes. Abandonnant Cécile qui lui explique que Xavier est parti en voyage le matin même, Ursula fonce aux toilettes. Là, sous le regard intrigué de Cécile qui lui a emboîté le pas, elle se met à vomir tripes et boyaux. Puis elle s'essuie la bouche, un brin soulagée.

- Je ne comprends pas trop ce qui m'arrive, explique-t-elle à Cécile inquiète. C'est récurrent ces derniers temps, pourtant, je n'ai en rien modifié mon régime alimentaire.

- Ah oui ?

Le sourcil arqué, ce qui témoigne chez elle d'une grande perplexité, le regard de Cécile se fait insistant, inquisiteur, jaugeant, passant au crible chaque centimètre carré de la silhouette de sa cousine. A première vue, ça ne semble pas évident, mais il y a bien un léger embonpoint, une infime pâleur.

- Et peut-on savoir à quand remontent tes dernières menstrues ? hasarde-t-elle.

- Oh ! s'indigne Ursula stupéfaite. Mais que vas-tu chercher là ? C'est grotesque !

- Vraiment ?

Cécile enveloppe Ursula de son regard indéchiffrable :

- Dans ce cas, communique la date, c'est tout simple.

- A vrai dire… je… je… ne… m'en… souviens plus, bredouille Ursula.

- Voyez-vous ça ? triomphe Cécile.

Et Cécile intraitable persuade Ursula de clarifier les choses par l'utilisation d'un test de grossesse. Ursula qui n'en dispose point, rechigne à retourner au centre-ville. Alors Cécile prend sur elle de lui ramener un spécimen depuis la pharmacie de garde.

En réalité, Ursula réfute de toute son âme l'hypothèse d'une probable grossesse. Le destin ne pourrait lui faire de morsure plus cruelle. Comment porterait-elle l'enfant d'un homme qui doit la haïr de toute son âme ? Elle n'a pas vraiment le temps d'y cogiter, car voilà Cécile de retour à la vitesse de l'éclair.

A contrecœur, les mains agitées d'un léger tremblement, le souffle court, Ursula aidée de Cécile, se plie aux instructions libellées dans la notice. Un peu d'urine prélevée, une poignée de secondes qui lui paraissent durer une éternité, et voici que s'affichent les deux barres en question. Ursula Loua est bel et bien enceinte !

A la faveur du traumatisme subi par Prunelle, Valentin Oulaï et Gaëlle Galey se sont rapprochés. En effet, malgré son acharnement au travail et les jours qui passent inlassablement, la douleur de la rupture avec Ursula est encore vive. Valentin a parfois besoin d'une oreille attentive, et il s'en remet également à Gaëlle pour gérer Prunelle, dans les moments de blues. Elle occupe toujours son appart à la Riviera-Palmeraie. Toutefois, elle passe le plus clair de son temps chez Valentin pour tenir compagnie à Prunelle qui autrement se sentirait toute seule et dépaysée dans cette nouvelle vie à la capitale. Valentin apprécie à sa juste valeur l'aide de Gaëlle.

Obnubilée par son plan de reconquête, Gaëlle a tempéré sa relation torride avec Kévin Todo. Ce dernier ne s'en plaint pas, trop heureux de l'avoir sous la main pour quelques temps encore. Alors qu'elle se sent vraiment proche du but, Gaëlle doit user de tact afin de ne pas tout compromettre. Une occasion inespérée pour accélérer les choses se présente à la faveur d'un voyage imprévu que Valentin se voit contraint d'effectuer.

Restée seule avec les nouveaux domestiques, Prunelle trouve le temps excessivement long. En effet, prévu initialement pour trois jours, le voyage s'étale sur six jours entiers. Prunelle qui s'ennuie fermement au milieu de tous ces nouveaux visages, sollicite sa mère pour meubler son temps. Gaëlle exulte de joie et accourt spontanément.

Dans trois jours, on fêtera le réveillon de Noël. En prélude aux festivités de fin d'année, Kévin Todo est sagement cloîtré auprès de son épouse fraîchement rentrée de l'étranger. Gaëlle se rend chez son ex-mari et prend en main l'organisation du réveillon. Prunelle exulte de joie, car selon toute vraisemblance, Valentin n'a pas eu le temps de préparer la fête.

Le soir du 24 décembre, il rentre de son voyage aux environs de dix-neuf heures et demie. Prunelle endimanchée, lui réserve un accueil plutôt timide. D'une voix ténue, elle lui révèle que Gaëlle est sous la douche et séjourne chez eux à sa demande. Valentin la couve d'un air attendri en lui assurant qu'il n'y voit aucun inconvénient, qu'il est de l'ordre normal des choses qu'elle sollicite sa mère, en cas de besoin.

Gaëlle qui entrait au salon, se trouble à la vue de son ex-mari et se confond en excuses. Elle ne souhaitait l'incommoder, lui imposer sa présence, mais il se trouve que son cœur de mère a fondu à l'appel de Prunelle. Elle aurait tout aussi bien pu emmener la fillette dans son appart, mais bon, elle se sentirait coupable de prendre de telles libertés à l'insu de Valentin. Mais bon, Gaëlle se déclare prête à rentrer chez elle, si cela le contrarie.

Valentin jure que sa présence ne lui pose aucun problème. Prunelle semble heureuse, et c'est l'essentiel. Car en ce jour de réjouissance, un vieux loup solitaire de sa trempe lui serait d'une compagnie trop ennuyeuse. Prunelle ravie bat des mains, tandis que Gaëlle doit faire des efforts surhumains pour étouffer une joie sauvage.

Prunelle montre avec fierté à son père, le sapin de Noël acheté et décoré par leurs soins. L'air absent, Valentin s'extasie sur la beauté du sapin, pour le plus grand bonheur de sa fille. Ils réveillonnent ensuite telle une famille unie, puis sur l'insistance de Prunelle, Valentin accepte de les accompagner à l'église pour suivre la messe de la Nativité.

Dès leur retour de l'église, le cœur de Gaëlle se serre, lorsque Valentin se claquemure dans sa chambre après leur avoir souhaité le bonsoir. Etendue dans le lit aux côtés de Prunelle qui s'endort d'un souffle régulier après cette journée bien remplie, Gaëlle se jure de parvenir à ses fins, cette nuit-même. C'est le moment où jamais, car pareille occasion ne se présentera pas deux fois. En elle, se bousculent mille et une pensées. Ne va-t-elle pas tout bonnement défoncer la porte pour se glisser dans la couche de Valentin ?

Elle en est là de ses cogitations, lorsqu'aux environs de deux heures du matin, la chambre de Prunelle s'ouvre sans bruit. Valentin qui les croit toutes les deux endormies, se glisse sur la pointe des pieds, les bras chargés de cadeaux. Le matin à son réveil, Prunelle constatera la visite surprise du Père Noël. Quel adorable papa ! Il n'y a pas à dire, Valentin n'a pas son pareil pour aimer et choyer son enfant. Gaëlle épia ses moindres faits et gestes à la lueur de la veilleuse.

Lorsqu'il ressort de la pièce après avoir disposé les paquets en silence, elle lui emboîte furtivement le pas. Il est assis au salon, occupé à boire de l'alcool. Gaëlle l'épie longuement dans la pénombre de la pièce. Les verres se succèdent inlassablement. On dirait qu'il s'est juré de se saouler la gueule pour noyer son chagrin. « De mieux en mieux ! » songe Gaëlle qui se réjouit que tous les éléments de la soirée concourent à la réussite de ses projets.

Quand il entame une seconde bouteille, Gaëlle sort le grand jeu et vient gaillardement s'installer à ses côtés. Valentin ne bronche même pas. Il est ivre et s'imagine qu'Ursula vient de le rejoindre pour un tête-à-tête. Ah ! Ursula ! comme il l'aime ! Dieu merci tout est rentré dans l'ordre.

Gaëlle joue parfaitement le jeu, le poussant à s'enivrer davantage. Lorsqu'elle le juge suffisamment gris, elle se montre plus entreprenante. L'air s'emplit de bruits de baisers, de soupirs coquins. Elle n'a aucun mal à éveiller sa virilité. Son corps malmené par ces longs moments d'abstinence se réveille, s'agite comme une terre craquelée sous les premières gouttes d'une fraîche et brusque ondée. Gaëlle parvient tant bien que mal à le guider jusqu'à la chambre, ce sanctuaire inviolé.

Après cinq années d'une rupture consommée, ils refont l'amour dans la mollesse du lit majestueux. Valentin la possède avec toute sa soif d'Ursula, avant de retomber lourdement sur le dos pour un sommeil de plomb. Gaëlle est infiniment comblée. Tout s'est déroulé comme sur des roulettes ; si ses prévisions s'avèrent exactes, bientôt un vœu cher à Prunelle prendra forme. Gaëlle se caresse le ventre et affiche un sourire satisfait. Le compte à rebours a commencé.

Une idée mesquine germe dans l'esprit de Gaëlle qui s'empare du téléphone posé au chevet du lit. Elle a un jour copié le numéro de cette greluche d'Ursula. N'est-ce pas le moment de lui passer un petit coup de fil ?

Ursula est tirée de son sommeil, par la sonnerie insistante de l'i-phone. Perplexe, elle décroche en se demandant qui peut bien la déranger à cette heure ?

- Allo ! Ursula Loua ? minaude à son oreille une voix assez familière. Te souviens-tu de moi ? Je suis l'ancienne, mais en même-temps future épouse de Valentin Oulaï.

Ursula abasourdie, écoute cette voix féminine qui semble provenir des profondeurs abyssales.

- Je parie que tu meurs d'envie de connaître la raison de ce petit coucou nocturne ? Eh bien ! je tenais simplement à t'informer que tout va merveilleusement entre Valen et moi. Eh oui ! Là à présent, il vient de me loger dans le ventre, le petit-frère de Prunelle.

Ursula pétrifiée et muette comme une carpe, subit l'assaut de Gaëlle. De ses yeux meurtris, ruissellent des larmes amères.

– Tu veux un conseil ? poursuit sa rivale implacable. Oublie Valentin pour de bon !

Gaëlle ponctue ses propos par un rire narquois, méchant, qui lui vrille le cœur. Au prix d'un effort surhumain, Ursula parvient à couper la communication en se demandant les raisons de tant de haine gratuite. Dans ses oreilles, résonne à l'infini le rire sarcastique de la mère de Prunelle.

Que lui veut cette sorcière ? Non contente de lui avoir ravi son fiancé de vile manière, voilà qu'elle se met en tête de lui gâcher son réveillon. A l'idée que Gaëlle et Valentin ont couché ensemble et que Gaëlle serait enceinte, les larmes d'Ursula redoublent d'intensité, un torrent que rien ne semble pouvoir freiner. Ainsi, ils se sont vraiment réconciliés. Et si Valentin et Gaëlle avaient sérieusement comploté pour l'évincer ? Oh ! et puis quelle importance ? Gaëlle et Valentin sont bien assortis : une sacrée paire d'ordures qui ne respectent rien ! Ursula n'aura été qu'un intermède dans la vie de Valentin, mais le plus douloureux est de sentir grandir au fil des jours, la graine qu'il a logée en elle. Que dira-t-elle un jour à cet enfant au sujet de son père ? Et puis quel réveillon de Noël !

L'aube point à travers les rideaux de la fenêtre, lorsque Valentin Oulaï émerge de son sommeil. Il souffre d'une migraine atroce, mais le plus important est le retour d'Ursula à ses côtés. Ursula est de retour. Il est infiniment soulagé de la savoir à ses côtés, signe évident que toutes les équivoques ont été levées, que les choses se sont d'elles-mêmes arrangées. Submergé d'émotion, il allonge le bras pour caresser la silhouette féminine collée contre son torse. Ce corps tout en courbes... il éprouve une sensation malaisée de déjà vécu ; une sensation incongrue d'un plongeon très loin en arrière se fait jour en lui.

En proie à un affreux soupçon qui accentue les effets de la migraine, avec des élancements au niveau des tempes, il ouvre lentement les yeux pour constater avec stupeur qu'il s'agit bien de Gaëlle Galey lovée contre lui.

- Gaëlle ? Toi ? déglutit-il péniblement. Mais que fais-tu ici ?

- Valen chéri, susurre-t-elle, est-ce une façon de traiter la femme qu'on a délibérément invitée dans son lit ?

- Attends… qu'est-ce que ? bafouille-t-il mort de honte. Ne me dis pas que… Ô mon Dieu !

Il se tient les tempes, hagard. Quel idiot d'avoir pensé qu'Ursula était de retour comme par enchantement ! Une rupture amoureuse se réglait-elle par un simple coup de baguette magique ? Ah ! misère ! et cette migraine qui ne le lâche pas ?

- Mon amour, que de bonheur ! continue de minauder Gaëlle sans gêne aucune. Tu n'as rien perdu de ta vigueur, de tes prouesses. Ceci est mon plus beau réveillon !

- Comment est-ce possible ? murmure-t-il d'une voix blanche.

Il se maudit intérieurement d'avoir eu l'idée saugrenue de boire de l'alcool. Voilà le type de mésaventure qui guettait les apprentis soulards, rien que des lendemains d'ennuis en sus de la gueule de bois !

– Chéri ? l'interpelle Gaëlle au petit bonheur. Ne me dis pas que tu ne te souviens de rien ?

Les yeux languissants, elle lui relate ce qu'elle nomme pompeusement le miracle de l'amour. Très tard dans la nuit, après qu'il soit entré dans la chambre de leur fille pour y disposer des cadeaux, il l'a prise par la main, et l'a invitée à boire un verre dans le salon. C'est ainsi qu'il lui a déclaré sa flamme, son désir de l'avoir auprès de lui en cette nuit particulière…

Valentin, médusé, émerge du lit comme un automate. Après une douche ultra rapide qui atténue les effets de la migraine, le voilà prêt à sortir. Gaëlle tente vainement de le retenir en arguant qu'un père de famille n'abandonne pas sa progéniture le jour de Noël. Faisant la sourde oreille, il quitte les lieux, désireux de faire sereinement le point.

Valentin se réfugie dans les locaux de la *Saphir Bank*, au cœur du quartier des affaires. Seul entre les quatre murs de son bureau, il a beau se fouiller la mémoire, il ne parvient pas à remettre en place le puzzle de la nuit précédente. Si tout s'est passé comme le prétend Gaëlle, pourquoi ne s'en souvient-il pas ?

Tout ce dont il se rappelle, c'est d'être entré sur la pointe des pieds dans la chambre de Prunelle endormie aux côtés de sa mère. Il est indéniable qu'il a bu un verre de trop, et c'est là que ça coince. Mon Dieu, cet amour fou pour Ursula, l'aurait-il précipité par mégarde dans les bras de Gaëlle ? Un soulard confond tout ; aux yeux d'un ivrogne, une femme en vaut valablement une autre. Voilà certainement la clef du mystère, et Valentin se promet d'user davantage de prudence.

Des images d'un passé douloureux, un passé qu'il croyait à tout jamais enterré, refluent dans son esprit. Comment a-t-il fait l'amour à Gaëlle après son immonde trahison ? Comment a-t-il étreint dans ses bras cette femme sans cœur ? Comment a-t-il pu de nouveau s'unir à elle ?

Quelques années plus-tôt, alors qu'il se trouvait pris dans la tourmente, suite à un complot qui avait failli lui coûter son poste, Gaëlle l'avait lâché comme un paquet sale, une paire de vieilles chaussettes usagées, trouées et puantes, dont on ne pouvait par décence s'encombrer. Gaëlle le croyait fini, elle avait mal pris sa mise au garage pour nécessité d'enquêtes approfondies. Il y avait en jeu un détournement colossal de deniers, le spectre d'un séjour derrière les barreaux.

Certains collègues aigris de la *Saphir Bank*, supportaient mal l'évolution fulgurante de ce jeune cadre fraîchement diplômé d'une université de renom. Il s'en était fallu d'un cheveu pour qu'ils tiennent leur pari de le couler. Valentin avait passé de longs mois sur le carreau, privé du soutien de parents, d'amis, mais surtout de sa femme, son épouse, sa moitié, celle qui lui avait juré fidélité, et pour qui il aurait risqué l'enfer ou le purgatoire.

C'était la trahison de trop. Il en avait cruellement souffert. Les images de leur rencontre, de tant de moments heureux valsaient dans sa mémoire, jusqu'à le rendre fou. Tout avait commencé au cours d'un gala de bienfaisance, elle l'avait tout de suite subjugué par son regard ensorcelant et son corps tout en courbes. Gaëlle Galey était hôtesse de l'air chez la compagnie Air-France.

Persuadé d'avoir déniché la femme de ses rêves, Valentin Oulaï un peu naïf et idéaliste, n'avait pas gratté un seul coin du vernis. Six mois à peine s'étaient écoulés, qu'il mettait aux pieds de sa dulcinée, son cœur et sa fortune. Car pour Gaëlle, ce jeune banquier, séduisant et promu à un avenir extrêmement brillant, se résumait au contenu d'un coffre-fort. Gaëlle raffolait des dépenses folles, toujours fourrée dans des boutiques de luxe, portant son choix sur ce qu'il y avait de plus coûteux, voulant absolument se distinguer des personnes ordinaires.

Valentin supportait difficilement le métier de Gaëlle. Il était malade à l'idée des regards concupiscents de mâles se délectant de sa silhouette toute en courbes. Il s'imaginait des rendez-vous honorés en cachette au gré des escales dans les palaces. Là-dessus, il n'avait peut-être pas entièrement tort. Des numéros gribouillés dans son calepin ou sur des bouts de papier, des explications embrouillées lorsqu'il la sommait d'en dire plus… le credo de Gaëlle, ce dont il se rendit compte par la suite, est qu'une belle femme est faite pour être aimée et choyée. Les hommes sont pareils à des abeilles butineuses, pourquoi leur refuserait-on le pollen, le nectar des jolies plantes, surtout lorsqu'ils ont de quoi les entretenir ?

Certaines femmes ne semblent pas faites pour le mariage, telle est la conclusion qui s'imposa à lui. Toutefois, amoureux d'elle à la folie, il l'avait persuadée de rendre le tablier, de quitter le monde trépidant des voyages à répétition, des rencontres bouleversantes. Moyennant une contrepartie acceptable, Gaëlle s'était finalement résignée. Valentin lui avait ouvert une boutique de luxe, des articles féminins de premier choix, importés d'Europe ou des Etats-Unis.

La vie avait tant bien que mal suivi son cours. Gaëlle semblait plus assagie. Lorsqu'après moult tracasseries, le Ciel leur avait donné la petite Prunelle, Valentin avait cru que le bonheur s'installait définitivement chez eux. C'était mal compter sans la jalousie de ses ennemis les plus acharnés. Prunelle allait sur ses trois ans, lorsqu'en pleine tourmente, Gaëlle l'avait planté sans aucun scrupule, pour une aventure amoureuse en Europe aux côtés d'un dandy dont elle s'était entichée. Confiant ses affaires à une gestionnaire, elle se la coulait douce sur le vieux continent. Elle y était restée trois années, inondant sa page Facebook de photos folichonnes. Gaëlle avait ainsi vécu trois ans, loin de sa terre natale, le temps de ses amours éphémères.

Son unique mérite était d'avoir tout le temps maintenu le contact téléphonique avec Prunelle, l'inondant de cartes postales, de vêtements et de cadeaux dont elle chargeait un tiers de les lui remettre. Et il semblait qu'une gêne persistante ou un dégoût l'empêchasse de le rencontrer en chair et en os, lui son ex-mari et le père de sa fille.

Quand elle avait signé son retour définitif de son escapade amoureuse, elle avait dans un premier temps soigneusement maintenu la distance, puis le temps aidant, leur relation s'était quelque peu normalisée. Valentin, qui avait fini par zapper complètement le passé et se refaire, était plus préoccupé par son rôle de papa poule et ses obligations professionnelles.

Il la trouvait encore plus rayonnante que par le passé, le teint frais, les traits empreints d'une maturité qui lui allaient bien à l'orée de la petite trentaine, mais aussi invraisemblable que cela puisse paraître, il ne l'aimait plus. Il se méfiait des jupons, les alliant à farce et trahison. Comment avait-il pu de nouveau succomber à son dard ? Cet amour déraisonnable pour Ursula ne le conduirait-il à sa perte ? N'est-ce pas la nostalgie de cette autre garce aux allures de Sainte nitouche qui l'avait poussé à s'enivrer ? Valentin avait dérogé à ses principes et avait atterri dans les filets de son ex-femme.

Il était plus que temps de tracer une croix sur Ursula ! Il était également temps de restaurer la barrière entre lui et Gaëlle ! Car en effet l'étreindre, lui faire l'amour, c'était cracher sur sa souffrance et la lutte acharnée qu'il avait menée contre le monde entier pour ne pas sombrer…

9

Gaëlle se sent profondément dépitée. Voilà qu'en ces premiers jours de l'année nouvelle, le sort lui allonge une pichenette ! Comment et pourquoi, n'a-t-elle pas conçu au sortir de la nuit passée dans les bras de son ex-mari ? Il lui faut à tout prix porter un autre enfant de lui. C'est l'unique moyen de réintégrer son foyer. Les sourcils froncés, Gaëlle songe à ce qu'il ne sera point aisé de piéger Valentin de nouveau.

Cet idiot est devenu tellement méfiant en sa présence, qu'il surveille l'empreinte de ses pas. Il l'évite autant que possible. Il a même trouvé la parade pour éviter qu'elle passe la nuit sous son toit. En effet, de temps à autres, c'est Prunelle qui rejoint sa mère pour des moments de complicité. Valentin lui rassemble des affaires et la dépose chez Gaëlle, le temps d'un week-end. La dernière fois, Prunelle a tellement insisté qu'il a finalement accepté que Gaëlle passe la nuit sous son toit, mais à peine posait-elle ses valises qu'il alla s'enfermer comme un ours dans sa tanière. Serait-il possible qu'elle échoue si près du but ?

A moins que… mais bien entendu ! C'est parfaitement réalisable. Quelle imbécile de n'y avoir pas songé et de se faire du mauvais sang pour rien ! Kévin fera parfaitement l'affaire, et Valentin n'y verra que du feu ! Ainsi, le soir de la fête des amoureux, elle communiquera à son ex, disons plutôt à son futur mari, la nouvelle de la naissance prochaine du petit-frère de Prunelle.

Bah oui ! il en sera bouleversé, mais il n'en mourra pas ! Depuis quand l'annonce d'une future paternité a-t-elle tué un homme ? Après tout, Gaëlle est la mère de sa Prunelle chérie, où est le problème ? Satisfaite de son plan audacieux, Gaëlle soupire de contentement et rêvasse à l'avenir, les yeux mi-clos.

Le premier mois de l'année est bien avancé, lorsque Valentin est contraint de s'absenter pour une poignée de jours. Fidèle à ses nouvelles résolutions, il conduit Prunelle chez sa mère. Gaëlle est très embêtée de ce contretemps qui risque de foutre en l'air tous ses projets. Ah ! Valentin et ses incessants voyages. N'est-ce pas ce qu'il lui reprochait à l'époque ? Elle se voit obligée de décommander un séjour de Kévin dans son appart. On verra bien comment gérer tout ça. Curieusement, Kévin se trouve également retenu par des affaires pressantes à gérer. Il débarque enfin le soir du troisième jour, alors que Gaëlle s'arrachait les cheveux de désespoir à l'idée que ses beaux rêves s'évanouiraient en fumée.

Ivre de joie, Gaëlle fête la venue de Kévin qui ne soupçonne point son odieux projet. Valentin devrait passer chercher Prunelle dans la matinée du lendemain. Tromper la vigilance de la petite et passer la nuit avec Kévin, c'est prendre un risque calculé, mais Gaëlle a-t-elle le choix ? Il y a un timing à respecter. D'ailleurs, la réussite de son plan ne profiterait-elle pas à Prunelle ?

Gaëlle envoie Prunelle se coucher de bonne heure. Avec Kévin, elle s'en donne à cœur joie dans le salon. Ils boivent de l'alcool, rient aux éclats, tandis que dans l'unique chambre, la gamine en proie à une insomnie, se retourne continuellement dans sa couche. Comme elle déteste cet inconnu qui boit et rit au salon avec sa maman Gaëlle ! Dans très peu de temps, sa maman va de nouveau épouser son papa et recommencer à vivre avec eux.

Prunelle aura enfin son petit-frère. Mais que diable fait ce monsieur chez elle, en l'absence de son papouné ?

Tenaillée par la curiosité, Prunelle se glisse silencieusement hors du lit. Si seulement sa maman lui faisait plein de câlins et lui racontait un joli conte… c'est toujours ainsi que procède son papouné, quand elle peine à trouver le sommeil. A pas feutrés, Prunelle s'avance timidement au salon. Les yeux exorbités, la gamine s'immobilise, pétrifiée par la scène. Le monsieur a fourré une main dans le corsage de sa maman, il lui pétrit les seins en l'embrassant goulûment. Occupés à se bécoter, ils ne s'aperçoivent même pas qu'elle est là et contemple la scène. Prunelle retient un léger cri de frayeur et se fond dans le silence de la nuit. Vêtue d'un pyjama et chaussée de pantoufles, la gamine marche dans les ruelles peu éclairées. Tout ce qu'elle veut, c'est rentrer chez son papa et oublier ces vilaines images du monsieur dans le salon de sa mère. Jamais plus elle ne remettra les pieds chez cette sorcière !

Il est bientôt vingt-deux heures. La vue brouillée par les larmes, Prunelle poursuit courageusement sa progression jusqu'au niveau du barrage militaire d'Akouédo. Dans la fièvre du samedi soir, Prunelle assez haute pour son âge, passe inaperçue dans la foule des promeneurs. Peut-être qu'on la confond aux gosses d'un bidonville qui jouxte le barrage. De jour comme de nuit, ces gamins se promènent seul ou en bandes, sans la surveillance de personnes adultes.

Ensuite Prunelle longe le boulevard Mitterrand, et emprunte la côte qui mène au quartier Bonoumin. La maison de son père se trouve dans les environs d'une communauté de prière. Une fois parvenue au sommet du coteau, Prunelle s'immobilise d'épuisement et se met à pleurer, assise sur une pierre. Un veilleur de nuit qui faisait sa ronde, s'approche intrigué. Au milieu de ses sanglots, la gamine lui explique qu'elle voudrait se rendre au domicile de son père, situé non loin de là. Apitoyé, le vigile la prend dans ses bras et la reconduit chez elle.

A leur arrivée, le gardien qui tombe des nues, se dépêche d'aller prévenir monsieur Valentin qui rentre à peine de voyage. Valentin, qui ne comprend rien au récit embrouillé du gardien, décide d'en avoir le cœur net. D'un pas résolu, il s'achemine au portail. Il y a forcément une méprise. Ce ne peut être Prunelle dehors à cette heure. La petite doit sagement ronfler aux côtés de sa mère. Quand il arrive dehors, Valentin médusé constate qu'il s'agit bien de sa fille, raccompagnée par un inconnu, une âme charitable dont la Providence s'est servie pour leur épargner un grave malheur. Le cœur battant la chamade, complètement paniqué, il récupère sa Prunelle et se confond en remerciements. Il a au passage gratifié son bienfaiteur d'un généreux pourboire. Prunelle sanglote contre le torse de son papa. Valentin la couvre de câlins et l'emmène au salon, décidé à connaître le fin mot de l'histoire. Il la bombarde de questions en lui essuyant délicatement les larmes :

- Que s'est-il passé pour que tu sois dehors à cette heure ? Il est arrivé quelque chose de grave à maman ? Mais enfin que se passe-t-il ?

- Oh ! papa ! mon papouné ! si seulement tu savais… sanglote-t-elle de plus belle.

- Quoi ? mais enfin, parle ! la presse-t-il anxieux.

Alors dans la chaleur et la tendresse des bras paternels, Prunelle lui livre le récit du traumatisme qu'elle a vécu dans l'appartement de sa mère. Valentin l'écoute, éberlué, il croit halluciner. Quelle mouche a piqué Gaëlle ? Mon Dieu !

– Maman nous a trahis ! hoquette l'enfant pleine d'amertume au souvenir des vacheries que sa mère l'a poussée à commettre.

– Que dis-tu ? Ta mère nous a trahis ? relève-t-il perplexe.

– Tout à fait, acquiesce-t-elle.

Valentin est perplexe. Son effarement va crescendo, à mesure que Prunelle lui relate le scénario d'un prétendu remariage avec Gaëlle, la naissance très prochaine de son petit-frère. Un doute affreux émerge dans l'esprit de Valentin. Juste Ciel ! pourvu que… non… ce serait trop affreux !

– Prunelle chérie, s'enquiert-il à brûle-pourpoint. Quelle était la nature de tes relations avec maman Ursula ?

La gamine baisse la tête, le regard soudain fuyant.

– Je t'en prie, dis-moi toute la vérité, l'implore-t-il. Maman Gaëlle y est-elle mêlée ?

Il lui a délicatement relevé le menton pour capter l'expression de ses yeux. La mine confuse et très mal à l'aise, Prunelle déballe toute la vérité à son père, d'un filet de voix.

– Maman Ursula ne m'a jamais maltraitée, conclut-elle dans un souffle.

– En es-tu sûre ? insiste-t-il.

– Oui papa, opine-t-elle en hochant vigoureusement le menton.

Après une légère hésitation, Prunelle lève tous les coins du voile :

– Tout a commencé à son hôtel, le jour où elle m'a offert Pipo…

Et toutes les zones d'ombres s'éclairent brusquement dans l'esprit de Valentin. Il lui semble que le nœud douloureux qui lui comprime le thorax depuis sa rupture d'avec Ursula se défait d'un coup. Il se sent léger, il a l'impression de flotter dans les airs. Il enveloppe sa fille d'un regard de compassion. Pauvre chérie ! A-t-elle la moindre idée du mal qu'elle a innocemment contribué à semer ? Et lui, sombre crétin ! Il s'est montré aveugle, sourd, mais surtout incapable de faire confiance à sa fiancée. Il l'a tranquillement traitée de folle, lorsqu'elle a vainement tenté de lui ouvrir les yeux sur la manipulation orchestrée par Gaëlle pour les séparer.

Gaëlle Galey a semé la zizanie, et à quel point ! Un océan de discorde qui l'a tenu trop longtemps éloigné de la femme qu'il aime. Valentin borde Prunelle en se jurant d'y mettre une dose de discernement dans sa manière d'appréhender son rôle de père. Ensuite, guère soucieux de l'heure tardive, il monte à bord de son véhicule, résolu à s'expliquer avec son ex-femme.

Gaëlle émerge de son sommeil, importunée par des tambourinements à la porte de son appart. Qui peut bien se permettre à cette heure tardive ? Il y en a des gens quand même ! D'une main fébrile, elle réveille Kévin qui ronflait étendu sur la moquette. Il serait plus seyant qu'il se réfugie dans la chambre. Prunelle dort à poings fermés, et son sommeil ne s'en trouvera point perturbé. A ce stade, Gaëlle n'entend prendre aucun risque. On n'est jamais assez prudent. Elle renoue à la hâte les cordons de son peignoir et se décide à ouvrir la porte.

– Valentin ?

Gaëlle affiche une profonde surprise. Son timbre de voix est mal assuré. D'une main tremblante, elle vérifie les cordons de son peignoir et s'ébouriffe la chevelure.

– Prunelle dort à poings fermés, explique-t-elle, mal à l'aise sous l'acuité du regard de son ex-mari. Tu ne comptes pas l'emmener ? Nous t'attendions demain dans la matinée.

De tout le mépris dont il est capable, Valentin la toise, puis sans pouvoir se contenir, mortifié par tout le désastre qu'elle a semé dans sa vie, il lève le poing et la gifle à la volée. Gaëlle retombe lourdement sur la moquette, telle une poupée de son. Valentin doit sérieusement se contenir pour ne pas la frapper encore et encore.

– Prunelle est chez moi ! tonne-t-il. Quand je pense que tu n'as pas hésité à manipuler cette gamine innocente pour me pourrir l'existence ! Tu ne vaudrais même pas la corde pour te pendre !

Il marque une pause, les yeux fulminants de colère. C'est ce moment que choisit Kévin pour émerger de la chambre en caleçon américain. Le bruit de la gifle et les éclats de la voix ont attiré son attention. Il n'a même pas remarqué que Prunelle était absente de la chambre. Il s'immobilise net en reconnaissant Valentin. Ce dernier le toise, et crache tout son dégoût au pied de Gaëlle à présent prostrée sur la moquette. Elle triture nerveusement les cordons de son peignoir, prête à fondre en larmes ainsi qu'une gamine prise en faute.

– En tous cas, lui assène Valentin d'un ton sans réplique, ne t'avise plus jamais de remettre les pieds chez moi !

– Mais ma fille ? sanglote-t-elle.

– Ta fille ? relève-t-il plein de morgue. Tu ne la reverras que si et seulement si elle y consent ! Je dois la préserver des ordures !

Il détourne les talons et quitte les lieux, visiblement soulagé. Ça lui a fait du bien de passer sa colère sur Gaëlle, de lui cracher en face son mépris. C'est bien la première fois de toute son existence qu'il lève la main sur une femme, mais en réalité les crapules n'ont pas de genre.

Et même s'il est conscient que le problème avec Ursula n'en est pas résolu de facto, il a la satisfaction de savoir Gaëlle Galey hors d'état de nuire. Eh oui ! il a au moins la satisfaction d'avoir arraché tous ses crochets à cette vipère !

Prostrée sur le canapé du salon, Gaëlle Galey se lamente et pleure comme une fontaine. A ses côtés, Kévin se tient penaud, complètement dessaoulé. Gaëlle s'en veut d'avoir échoué si près du but. Voilà qu'au lieu d'avoir la certitude de reconquérir Valentin, elle a tout perdu de manière lamentable en l'espace d'une soirée ! Pourquoi a-t-il fallu qu'elle fasse le choix de ce divorce désastreux ? Si seulement elle n'avait pas eu l'idée saugrenue de larguer Valentin à l'époque ? Mais c'est vrai qu'il semblait fini, à terre, comme une vulgaire punaise que ses ennemis aplatiraient d'un moment à l'autre. Quelle femme se projetterait dans l'avenir aux côtés d'un homme fini ? L'herbe semblait plus verte ailleurs. Gaëlle s'était lancée dans une histoire torride avec un bon viveur. Mais le propre des bons viveurs, c'est de vivre l'instant T. Il n'y eut aucune issue. Après s'être repu de ses charmes, et trouvant que son corps n'avait plus d'attrait, il s'était trouvé d'autres centres d'intérêt. Gaëlle avait par la suite rencontré Kévin Todo. Mais qu'était-elle en droit d'attendre d'un homme marié, sinon du fric et des parties de jambes en l'air ? Jamais Kévin ne divorcerait, non parce qu'il était follement épris de son épouse, mais parce qu'il y avait en jeu des intérêts financiers, politiques. Bref, Kévin Todo appartient à cette classe de bourgeois qui ne divorcent jamais, quitte à se tolérer mutuellement quelques manquements.

Rentrée par la suite de manière définitive en Côte-d'Ivoire, Gaëlle Galey a eu la surprise de constater combien Valentin Oulaï s'était remis sur ses pattes. Non seulement blanchi de tous soupçons, il a sérieusement repris du poil de la bête. Faisant de l'excellence son credo, il est au pinacle de sa carrière. C'est lui qui a la lourde et prestigieuse responsabilité de diriger l'agence non moins prestigieuse de la *Saphir Bank* d'Abidjan-Plateau. Un de ces quatre, il occupera certainement le portefeuille de gouverneur de la Banque Centrale des Etats de l'Afrique de l'Ouest. On peut même le nommer Ministre des Finances. Peut-être rejoindra-t-il les écuries de Bretton Woods.

Gaëlle s'est battue de toutes ses forces pour se hisser à ses côtés. Elle aurait tant aimé jouir du statut et de tous les privilèges qui découleraient de son remariage avec Valentin Oulaï. Il nageait en plein bonheur et Gaëlle voulait l'y rejoindre. Pourquoi ? pourquoi échouait-elle lamentablement, si près du but ? Se serait-elle donnée tant de mal à évincer Ursula Loua pour n'en récolter que l'échec et l'humiliation ? La vie est injuste, mais alors !

10

Après quatre mois d'absence, Valentin Oulaï est de retour à Man. La décision d'y remettre les pieds n'a pas été facile à prendre. Il est en effet indéniable qu'il aime Ursula, mais il redoute sa réaction. Pourra-t-elle lui pardonner tant d'injustice ? Néanmoins résolu à jouer son va-tout, il s'est risqué à effectuer le voyage. Il est arrivé la veille de la fête des amoureux. Dès lors, il a discrètement pris attache avec le patron d'Ursula pour connaître sa nouvelle adresse.

Le soir de la Saint-Valentin, le voilà en route pour la demeure d'Ursula, située dans les environs de la montagne Sainte-Thérèse. Un parfum de roses flotte sur la ville. Tous les hommes, jeunes ou vieux, en offrent à leur bien-aimée. La Saint-Valentin, importée d'ailleurs, s'inscrit dans nos mœurs. Dans presque toutes les ruelles, les enseignes lumineuses des échoppes ou des grandes surfaces diffusent le message de l'amour. La majorité des restaurants et complexes hôteliers affichent complet. Coiffeuses, coiffeurs, couturiers, couturières, bijoutiers, tous se frottent les mains. Les camelots ont également envahi les artères, proposant des breloques pour tous les budgets. Malheur aux âmes seules ! Malheur aux cœurs brisés !

Soucieux de mettre tous les atouts de son côté, Valentin s'est vêtu avec un soin particulier. Il arbore un costume bleu marine à très fines rayures, avec un œillet bien visible à la poche de la veste. Le cœur gonflé d'émotion, il sonne à la porte d'Ursula. Pourvu qu'elle ne l'éconduise pas à la manière de Guillaume !

Vêtue d'un boubou d'intérieur en basin d'un rose pâle, Ursula vient de lui ouvrir la porte. Ils se dévisagent en silence pendant une éternité, puis elle s'écarte et l'invite à entrer. Elle l'installe dans son modeste salon. Des notes de musique classique emplissent les lieux. Elle le scrute toujours en silence. Valentin la trouve un peu changée. Elle s'est épaissie, mais elle reste sublime avec sa longue chevelure réunie en une queue de cheval. Il meurt d'envie de l'étreindre. De son côté, Ursula se sent irrésistiblement attirée par lui, comme par un aimant. Il est enfin là, ainsi qu'elle l'a toujours rêvé. En ce jour béni de la Saint-Valentin, il s'est souvenu d'elle, de leur amour.

Cependant, la terrible réalité reprend très vite le dessus. Qu'espère-t-elle ? Ursula croit de nouveau entendre le rire sarcastique, démoniaque de Gaëlle Galey, en pleine nuit. Gaëlle porte le second enfant de Valentin, le petit-frère de Prunelle. Peut-être a-t-on informé Valentin de l'état d'Ursula. Sa démarche s'expliquerait par le fait qu'il escompte lui faire la charité, étant donné qu'il est le père de l'enfant qui chaque jour grandit en elle. Comme il a été mal inspiré ! Jamais Ursula n'acceptera de lui le moindre centime !

- Pourras-tu me pardonner, mon amour ? émet-il rompant le silence.

« Mon amour » a-t-il dit. « Quel fumier ! » tressaille Ursula.

- Ecoute-moi bien, Valentin Oulaï ! lui assène-t-elle en détachant chaque syllabe. Ce n'est pas du tout correct de ta part de débarquer chez moi, après t'être remis avec ton ex-femme qui de surcroît attend une autre enfant de toi ! Conduis-toi de manière décente pour une fois !

Une larme lui roule sur la joue au souvenir du coup de fil nocturne de Gaëlle Galey. Comme elle s'était sentie humiliée, souillée !

– Ursula mon amour, fait-il d'une voix infiniment tendre, le cœur remué de la voir pleurer. Veux-tu m'écouter, s'il te plaît ?

Elle se tamponne les yeux humides d'un kleenex. Torturé par tout cet océan de tristesse qui émane de sa bien-aimée, Valentin lui relate toute l'histoire de son passé tumultueux avec Gaëlle Galey. Ursula apprend également la mésaventure de Prunelle chez sa mère un certain soir, et le traumatisme subi par la pauvre fillette.

– Si tu m'avais clairement informée des raisons de votre divorce, lui reproche-t-elle, je me serais montrée moins naïve.

– Mais nous pouvons nous donner la chance de réécrire notre histoire, ne crois-tu pas ? plaide-t-il.

Les yeux rivés au sol, elle semble confrontée à un dilemme. Elle a été cruellement blessée, son nom a été vilipendé, sali. Des personnes comme sa perfide belle-mère, n'ont pas hésité à mitrailler l'ambulance. En outre, il y a malgré tout la question de la grossesse de Gaëlle Galey. Comment compte-t-il gérer la situation ?

– On dirait que tu ne m'as pas bien perçu, sourit-il.

Elle le dévisage, incrédule. Non, elle n'est pas sûre de comprendre.

– Gaëlle n'est pas plus enceinte que toi !

Il a détaché chacune des syllabes, heureux de lui annoncer la nouvelle qui à coup sûr facilitera les choses. Ursula a un sens de l'honneur très poussé, elle classerait définitivement leur histoire, si Gaëlle était réellement enceinte.

– Vraiment ?

La jeune femme éclate brusquement d'un petit rire sec. Valentin vire au charbon. Il ne sait plus où se mettre. Quel idiot de penser qu'elle pouvait lui pardonner comme ça ! Ça y est ! Elle va l'éconduire à la manière de Guillaume ! Sera-t-il aspergé d'un baquet d'eau chaude ou froide ? Combien de coups de manches à balai va-t-il recevoir ? Au secours !

– Valen mon amour…

Comment l'a-t-elle appelé ? Sa voix est chaude, tendre. Il se sent pousser des ailes. Bientôt il flottera à ras du sol. La voix d'Ursula le caresse flutée, dorée, délicieuse :

– Non seulement, je te pardonne, puisque je t'aime infiniment, mais j'ai pour toi une petite surprise.

Il se tient la bouche ouverte, comme pétrifié, trop heureux pour produire le moindre son.

– Mon Dieu, ce que tu as pu me manquer ! Viens là ! l'interpelle-t-elle de sa voix sensuelle.

Il revient à lui, émergeant de sa torpeur, les lèvres sèches, les reins en feu. Il l'étreint avec toute la fougue de son amour. Il l'embrasse à perdre haleine. La magie de la Saint-Valentin opère pour son plus grand bonheur.

– Pourras-tu de nouveau aimer Prunelle ? s'enquiert-il soudain inquiet, en se détachant légèrement d'elle.

– Tu fais allusion à ma fille Prunelle ? renchérit-elle tendrement, avec au fond des yeux une lueur d'espièglerie qui lui fend le cœur. Cette enfant ne saurait être tenue pour responsable des errements de sa mère biologique.

Fou d'amour et de reconnaissance, Valentin s'empare des lèvres d'Ursula. Quand ils interrompent le baiser fougueux pour reprendre haleine, il introduit la main dans la poche intérieure de son costume et lui exhibe sous les yeux une rose écarlate, rouge du sang de cet amour fort qui les unit, cet amour qui a résisté à tout le fiel d'une dangereuse intrigante. Ursula accepte la rose le cœur ému, les sens grisés par son doux parfum.

« Et Dieu créa la rose, pour magnifier l'amour. »

Elle le réclame après tant de mois. Il éprouve une soif égale de son corps sublime dont la douceur et la grâce l'ont continuellement hanté. Tandis que la pièce s'emplit des notes de « Ceux que j'aime » de Vicky Leandros, Valentin dégrafe Ursula, libérant ses seins volumineux.

– Ursula ? fait-il ému devant la noirceur et la grosseur des aréoles.

– Oui Valen chéri ! Oui mon amour ! murmure-t-elle tendrement. C'est la surprise dont je t'ai parlé. Je porte en mon sein notre enfant, ce petit-frère si cher à Prunelle.

– Oh mon amour ! exulte-t-il au comble de l'émotion.

Fin

Conception et mise en page

LCDORE La Cloche-d'Or éditeur

2ème trimestre 2020

www.ingramcontent.com/pod-product-compliance
Lightning Source LLC
La Vergne TN
LVHW010609160826
845677LV00013B/3335
* 9 7 9 1 0 9 4 6 6 0 1 7 1 *